MACHADO DE ASSIS

HISTORIAS SEM DATA

A EGREJA DO DIABO — O LAPSO — ULTIMO CAPITULO
CANTIGA DE ESPONSAES — UMA SENHORA
SINGULAR OCCURRENCIA — FULANO — CAPITULO DOS CHAPÉOS
GALERIA POSTHUMA
CONTO ALEXANDRINO — PRIMAS DE SAPUCAIA
ANECDOTA PECUNIARIA — A SEGUNDA VIDA — EX-CATHEDRA
MANUSCRIPTO DE UM SACRISTÃO
AS ACADEMIAS DE SIÃO
NOITE DE ALMIRANTE — A SENHORA DO GALVÃO

RIO DE JANEIRO
B. L. GARNIER. — LIVREIRO-EDITOR
71 — *Rua do Ouvidor* — 71

1884.

todavia   \C ItaúCultural

Machado de Assis

****

Histórias sem data

Organização e apresentação
Hélio de Seixas Guimarães

****
Todos os livros de Machado de Assis

7.

Apresentação

19.

Sobre esta edição

25.

**** Histórias sem data ****

241.

Notas sobre o texto

243.

Sugestões de leitura

245.

Índice de contos

Apresentação

Hélio de Seixas Guimarães

Este é o 17º livro publicado por Machado de Assis e seu quarto volume de contos. Em relação aos anteriores, é o que contém o maior número de histórias, das quais poucas estão divididas em partes ou capítulos. Segue-se a tendência, verificável no conjunto de seus escritos, de produzir narrativas cada vez mais curtas, concisas e densas, de grande efeito sobre o leitor. Neste caso, são várias as que deixaram impressões fortes e duradouras, tornando-se antológicas, como "A igreja do Diabo", "Noite de almirante" e "Singular ocorrência".

Quando da publicação do livro, em 1884, o escritor vinha de um período turbulento. Para cuidar da saúde e restaurar as forças, precisou mais de uma vez ausentar-se do Rio de Janeiro por alguns meses, fato excepcional na vida de um homem que em poucas ocasiões saiu da cidade natal. O esgotamento que o distanciou do Rio na passagem de 1879 para 1880 e novamente no início de 1882 muito provavelmente esteve associado ao enorme esforço criativo e intelectual que deve ter lhe custado a escrita de duas obras que marcariam para sempre a literatura brasileira, *Memórias póstumas de Brás Cubas* (1881) e *Papéis avulsos* (1882). Assim, quando estas *Histórias sem data* saíram em volume, Machado de Assis já desfrutava de grande estabilidade em todas as esferas da vida.

Em 1884, completando quinze anos de casamento, mudou-se com Carolina para a casa da rua Cosme

Velho, onde ambos viveram até o fim da vida. O escritor tinha boa posição no Ministério da Agricultura, atuando como oficial de gabinete desde 1880. No final de 1881 passara a publicar regularmente na *Gazeta de Notícias*, o jornal mais prestigioso e moderno do tempo, em colaboração que se estenderia até 1897. Ali, publicou 54 contos[1] e centenas de crônicas, em séries como "Balas de Estalo", assinada por Lélio; "A + B", por João das Regras; "Gazeta de Holanda", por Malvólio; "Bons Dias!", por Boas Noites; e "A Semana", sem assinatura.

Sua inserção no meio literário estava consolidada havia muito. Em outubro de 1883, foi eleito membro da Associação de Homens de Letras do Brasil, uma precursora da Academia Brasileira de Letras. A sociedade literária não prosperou, embora contasse com nomes de destaque na vida cultural do período, como Franklin Dória, Rui Barbosa, Sílvio Romero e Carlos de Laet, que mais tarde contribuiriam para a consolidação da Academia Brasileira.

Nesse contexto, e apenas dois anos depois da publicação de *Papéis avulsos*, o escritor voltava com um volume de contos de título ambíguo, além de irônico e provocativo. Entre os livros do gênero, este é o que reúne textos publicados em intervalo mais curto de tempo: todos saíram pela primeira vez em pouco mais de um ano, de fevereiro de 1883 a junho de 1884. Durante esse período prolífico, publicou perto de cinquenta contos, ou seja, cerca de um quarto do que

---

1. Em *Contos de Machado de Assis: Relicários e* raisonnés (Rio de Janeiro: Ed. PUC-Rio; São Paulo: Loyola, 2008, p. 136), Mauro Rosso contabiliza 64 contos publicados no *Jornal das Famílias*, 43 em *A Estação* e 54 na *Gazeta de Notícias*.

produziu nesse gênero ao longo de quase cinquenta anos.[2] O livro veio logo depois, em agosto de 1884, editado por B. L. Garnier e impresso pela Lombaerts & C. Das dezoito histórias, apenas três não haviam passado pelas páginas da *Gazeta de Notícias*. "Cantiga de esponsais" e "Capítulo dos chapéus" saíram antes em *A Estação*, e "A segunda vida" fora publicada anteriormente na *Gazeta Literária*.

A ausência de data indicada no título não diz respeito, portanto, ao tempo ou à circunstância em que os contos foram produzidos e publicados, e nem à época em que se passam as histórias, já que apenas duas não trazem a informação expressa, como se afirma na "Advertência". O "sem data" parece referir-se antes ao alcance delas no tempo, já que a maioria trata de "cousas que não são especialmente do dia, ou de um certo dia". Ou seja, estamos diante de narrativas que potencialmente podem fazer sentido em qualquer tempo e em qualquer lugar.

Um dos contos que não trazem data expressa é "A igreja do Diabo", justamente aquele que abre o volume. Nele, o embate entre o bem e o mal ganha contornos surpreendentes. O Diabo decide fundar uma igreja, que congregue todos os praticantes do mal em torno do que até então era considerado pecado e vício. Para isso, incutia nos homens, "a grandes golpes de eloquência, toda a nova ordem de cousas, trocando a noção delas, fazendo amar as perversas e detestar as sãs". A nova fé tem muito sucesso, mas com o passar do tempo o Diabo observa, pasmado, que, nesse

2. Ibid., p. 138.

mundo, o que permanece imutável é a venalidade, a mobilidade e a volubilidade dos homens. Ou, nas palavras de Deus, que fecham o conto: "a eterna contradição humana".

A outra história que não traz data expressa é "As academias de Sião", que fecha o livro. Situada em tempos incertos e em um reino imaginário, a contradição desta vez recai na falta de correspondência entre o sexo corporal e o sexo das almas. Segundo a teoria formulada por uma das academias do título (o conto começa com a inquietante afirmação de que "em Sião nunca houve academias; mas suponhamos que sim, e que eram quatro"), umas almas são masculinas, outras femininas, e muitas vezes estão associadas a corpos errados. Essa teoria gera intensa reação entre os acadêmicos do reino, que se digladiam de muitas maneiras. Entretanto, a doutrina da alma sexual acaba prevalecendo, por decreto e conveniência do jovem rei Kalaphangko, que é "virtualmente uma dama", e de Kinnara, a flor das concubinas régias, nas palavras do narrador "um búfalo com penas de cisne". Insatisfeitas, suas almas veem na teoria uma oportunidade de libertarem-se de seus corpos e decidem trocá-los durante o período de um semestre, experimentando um inédito bem-estar: "Um e outro estavam bem, como pessoas que acham finalmente uma casa adequada".

Há ainda uma terceira narrativa, "Conto alexandrino", situada num tempo historicamente recuado, entre os séculos III e IV a.C., quando Ptolomeu e Heró- filo teriam convivido em Alexandria, no Egito. O recuo à Antiguidade serve à paródia dos grandes sistemas explicativos da ciência moderna. O pressuposto é o seguinte: "os deuses puseram nos bichos da terra, da água e do ar a essência de todos os sentimentos e capacidades humanas. Os animais são as letras soltas do alfabeto; o homem é a sintaxe". Os protagonistas, Stroibus e Pítias, põem a filosofia à prova, escalpelando ratos e extraindo-lhes o sangue, que bebem para verificar se com isso adquiriam o vício do furto. O experimento confirma a teoria, e os dois comparsas, que começam por roubar ideias alheias, tornam-se ladrões contumazes, a ponto de serem presos em Alexandria, onde acabam dissecados vivos por Herófilo, considerado o pai da anatomia. Associando a sede de conhecimento ao sadismo, e mostrando como, em nome da "verdade", podem-se cometer as maiores atrocidades, o conto indica também como a indiferença à dor alheia pode igualar homens e ratos, e que, uma vez liberada a crueldade, é uma questão de tempo até que todos se tornem vítimas.

É nessa moldura dos grandes vícios e das grandes paixões humanas que se inscrevem as outras quinze histórias deste volume. Estas sim estão situadas em tempo e espaço bastante definidos: o Rio de Janeiro e o seu entorno, a partir do século XVIII e muito especialmente na segunda metade do século XIX. Os vícios universais ganham assim contornos específicos nos domicílios cariocas, nos quais escravizados — referidos como pretos e pretas, mucamas, moleques — volta e meia cruzam a cena e raramente têm a palavra.

A história mais recuada no tempo é a de "O lapso", que se passa em 1768. O título refere-se à perda, por um dos personagens, da noção de "pagar" e outras ideias correlatas: *credor*, *dívida*, *saldo*. O conto cita e dá desenvolvimento à teoria cômica de Charles Lamb, segundo a qual o gênero humano divide-se em "duas grandes raças", a dos que emprestam e a dos que pedem emprestado. Nesse caso, os credores desesperados com o lapso do devedor recorrem a um médico, o dr. Jeremias Halma, que vai dar solução ao caso, embora ele mesmo acabe a ver navios.

Além de Charles Lamb, as histórias evocam Heine, Molière, Shakespeare, Esopo, La Fontaine, Voltaire e Darwin. Provérbios, máximas e teorias também servem de mote a vários contos em que as personagens os põem em ação e à prova.

Em "Último capítulo", por exemplo, um homem prestes a suicidar-se faz um balanço de sua vida de caipora, tão caipora a ponto de cumprir aquilo que o próverbio aponta como o cúmulo do azar: cair de costas e quebrar o nariz. Essa personagem que sempre levou o caiporismo consigo, "na garupa do burro", chega ao final com estes questionamentos e conclusões:

> A felicidade será um par de botas? Esse homem, tão esbofeteado pela vida, achou finalmente um riso da fortuna. Nada vale nada. Nenhuma preocupação deste século, nenhum problema social ou moral, nem as alegrias da geração que começa, nem as tristezas da que termina, miséria ou guerra de classes, crises da arte e da política, nada vale, para ele, um par de botas. Ele fita-as, ele respira-as, ele reluz com elas, ele calca com elas o chão de um globo que lhe pertence. Daí o orgulho das atitudes, a rigidez dos passos, e um certo ar de tranquilidade olímpica... Sim, a felicidade é um par de botas.

Decorre daí o derradeiro conselho ao leitor: "calçai-vos!".

Matias Deodato de Castro e Melo, de "Último capítulo", é apenas um entre os vários homens de má sorte e os pobres-diabos deste volume. De tal galeria fazem parte o dr. Jeremias de "O lapso", o mestre Romão de "Cantiga de esponsais", o Leandro de "Singular ocorrência", o Oliveira de "Primas de Sapucaia!", o Deolindo de "Noite de almirante". Como ocorre frequentemente nas histórias de Machado de Assis, são várias as modalidades de frustração, e há sempre um abismo entre as ambições e os desejos e as possibilidades reais. Aquilo que se diz de Tomé Gonçalves, de "O lapso" — ele não tinha o abismo de Pascal ao lado, mas dentro de si mesmo —, vale para muitas personagens.

Em "Cantiga de esponsais", o abismo se refere à incapacidade da realização artística do mestre Romão, um intérprete muito afamado que não consegue compor, por não possuir o meio de traduzir o que sente. Em "Noite de almirante", a frustração é amorosa. O marinheiro Deolindo, apaixonado por Genoveva, parte em viagem com as juras do amor eterno. No retorno, encontra a amada com outro e a seguinte explicação: "Pois, sim, Deolindo, era verdade. Quando jurei, era verdade. Tanto era verdade que eu queria fugir com você para o sertão. Só Deus sabe se era verdade! Mas vieram outras cousas... Veio este moço e eu comecei a gostar dele...".

A frustração amorosa, que aqui se deve às flutuações do desejo e das paixões, também pode decorrer da fixação no ideal e na perfeição. Teófilo e Eulália, protagonistas do "Manuscrito de um sacristão", não aceitam nada menos do que a perfeição quando se trata de escolher um par amoroso, e por isso mesmo vivem "um *pique-nique* de ilusões".

Ilusões de outro tipo movem o Fulgêncio de "*Ex cathedra*". Esse homem que "vivia do escrito, do impresso, do doutrinal, do abstrato, dos princípios e das fórmulas" estabelece um verdadeiro programa para ensinar a teoria do amor à afilhada e ao sobrinho, sem contar que a natureza tratava de fazer seu ofício muito mais rapidamente, aproximando os dois jovens.

Em "Galeria póstuma", o desconcerto se dá pelo contraste entre a docilidade dos modos do personagem enquanto vivo e a acidez com a qual retrata todos os que o circundam nos seus escritos íntimos, que vêm à tona por ocasião de sua morte. Os manuscritos compõem a tal galeria póstuma, em que os piores traços de cada um são revelados pelo morto, Joaquim Fidélis, cujo cadáver, de olhos abertos e com um "arregaço irônico", parece divertir-se com a surpresa do sobrinho, seu principal herdeiro, ao ler o testamento do tio: "Benjamim tentou mentalmente fechar-lhe os olhos e concertar-lhe a boca; mas tão depressa o fazia, como a pálpebra tornava a levantar-se, e a ironia arregaçava o beiço. Já não era o homem, era o autor do manuscrito".

O descompasso entre a face pública e a privada, outro assunto recorrente nos escritos machadianos, explicita-se na conclusão do sobrinho ao ler os diários: "Estou lendo um coração, livro inédito. Conhecia a edição pública, revista e expurgada. Este é o texto primitivo e interior, a lição exata e autêntica".

Outros desvãos servem de mote para as histórias.

Em "Anedota pecuniária", o protagonista adorava o dinheiro a ponto de vender a sobrinha, que era sua única companhia e a quem tanto amava, pela "voracidade do lucro", no que o narrador define como "requinte de erotismo pecuniário".

Em "Fulano", o protagonista não perde a oportunidade de fazer propaganda dos seus feitos, cuidando não só da sua reputação em vida mas também da sua consagração póstuma.

"A segunda vida" traz de novo um morto que fala em primeira pessoa e conta sua própria morte, como em *Brás Cubas*. A primeira experiência como vivente dera-lhe "o terror de ser empulhado", e ele volta ao mundo cheio de receios. De tantas prevenções e desconfiança, acaba paralisado: "Não podia comer um figo às dentadas, como outrora; o receio do bicho diminuía-lhe o sabor".

Os dramas e os perfis femininos, duas das especialidades de Machado de Assis, ressaltam em vários contos deste volume.

Em "Capítulo dos chapéus", um rasgo se abre no sossego da vida conjugal da cordata e metódica Mariana e de seu marido Conrado. Em "A senhora do Galvão", o casamento próspero e socialmente vistoso se sustenta à base da aceitação, pela esposa, das infidelidades do marido, apesar dos boatos e dos rumores sobre o envolvimento deste com a sedutora viúva Ipiranga. "Uma senhora" traz o terror do envelhecimento, sintetizado em trecho antológico: "De repente, como se lhe surdisse uma cobra, recuou aterrada. Tinha visto, sobre a fonte esquerda, um cabelinho branco. Ainda cuidou que fosse do marido; mas reconheceu depressa que não, que era dela mesma, um telegrama da velhice, que aí vinha a marchas forçadas".

Os velhos vícios que desde tempos imemoriais acompanham a humanidade, como anunciado em "A igreja do Diabo", acomodam-se, portanto, às novas forças que movem o mundo: a imagem, a publicidade, a opinião, o lucro, a especulação.

A atualidade das questões tratadas nestas histórias "sem data" ficou registrada na reação de um leitor, publicada logo após o aparecimento do volume:

Se as recuássemos cem anos, pareceriam modernas aos largos e poderosos espíritos que semearam no século XVIII todos os germens da psicologia, da filosofia e das ciências de hoje.

Cem anos passados sobre a data de seu aparecimento, serão lidas ainda com o interesse que despertam as cousas novas.

Modernas hoje, como ontem, como amanhã.[3]

Referências bibliográficas

ASSIS, Machado de. *Correspondência de Machado de Assis, tomo II: 1870-1889*. Coord. de Sergio Paulo Rouanet. Org. e comentários de Irene Moutinho e Sílvia Eleutério. Rio de Janeiro: Academia Brasileira de Letras, 2009.
BRASIL. MINISTÉRIO DA EDUCAÇÃO E SAÚDE PÚBLICA. *Exposição Machado de Assis: Centenário do nascimento de Machado de Assis: 1839-1939*. Intr. de Augusto Meyer. Rio de Janeiro: Serviço Gráfico do Ministério da Educação e Saúde, 1939.
CARVALHO, Castelar de. *Dicionário de Machado de Assis: Língua, estilo, temas*. 2. ed. rev. e atual. Rio de Janeiro: Lexikon, 2018.

---

3. Valentim Magalhães, *Gazeta de Notícias*, Rio de Janeiro, 2 set. 1884.

MACHADO, Ubiratan (Org.). *Machado de Assis: Roteiro da consagração (crítica em vida do autor)*. Rio de Janeiro: EdUERJ, 2003.

_____. *Bibliografia machadiana 1959-2003*. São Paulo: Edusp, 2005.

_____. *Dicionário de Machado de Assis*. 2. ed. rev. e ampl. São Paulo: Imprensa Oficial; Rio de Janeiro: Academia Brasileira de Letras; Lisboa: Imprensa Nacional, 2021.

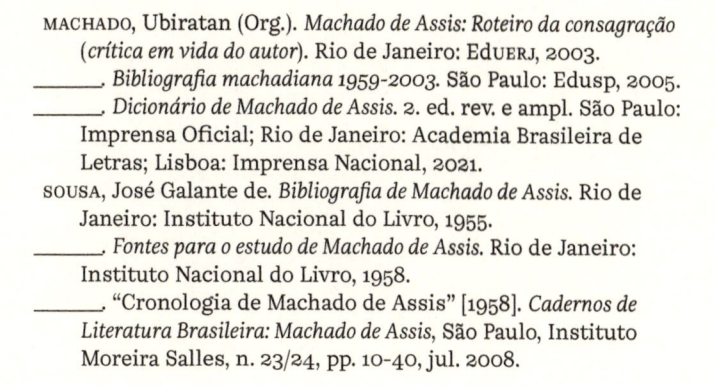

SOUSA, José Galante de. *Bibliografia de Machado de Assis*. Rio de Janeiro: Instituto Nacional do Livro, 1955.

_____. *Fontes para o estudo de Machado de Assis*. Rio de Janeiro: Instituto Nacional do Livro, 1958.

_____. "Cronologia de Machado de Assis" [1958]. *Cadernos de Literatura Brasileira: Machado de Assis*, São Paulo, Instituto Moreira Salles, n. 23/24, pp. 10-40, jul. 2008.

Sobre esta edição

Esta edição tomou como base a única publicada em vida do autor, que saiu em agosto de 1884 no Rio de Janeiro pela B. L. Garnier, Livreiro-Editor e foi impressa pela Tipografia e litografia a vapor, encadernação e livraria Lombaerts & C. Para o cotejo, foram utilizados os exemplares pertencentes à Biblioteca Brasiliana Guita e José Mindlin, da Universidade de São Paulo, e à Biblioteca do Senado. Também foi consultada a edição crítica das obras de Machado de Assis, organizada pela Comissão Machado de Assis (2. ed. Rio de Janeiro: Civilização Brasileira; Brasília: Instituto Nacional do Livro, 1977, v. 5). Ao texto da presente edição, foram incorporadas as correções indicadas na Errata que aparece logo após o índice do livro de 1884.

O estabelecimento do texto orientou-se pelo princípio da máxima fidedignidade àquele tomado como base, adotando as seguintes diretrizes: a pontuação foi mantida, mesmo quando não está em conformidade com os usos atuais; a ortografia foi atualizada, registrando-se as variantes e mantendo-se as oscilações na grafia de algumas palavras; os sinais gráficos, tais como aspas, apóstrofos e travessões, foram padronizados.

Um dos intuitos desta edição é preservar o ritmo de leitura implícito na pontuação que consta em textos sobre os quais atuaram vários agentes, tais como editores, revisores e tipógrafos, mas cuja publicação foi supervisionada pelo escritor. A indicação das variantes ortográficas e a manutenção do modo de ordenação das palavras e dos grifos são importantes para caracterizar a dicção das personagens e dos narradores e constituem também registros, ainda que indiretos, dos hábitos de fala e de escrita de um tempo e lugar, o Rio de Janeiro do século XIX. Ali, imigrantes, especialmente de Portugal, conviviam com afrodescendentes — como é o caso da família de origem do escritor e também daquela que Machado de Assis constituiu com Carolina Xavier de Novais —, e as referências literárias e culturais europeias estavam muito presentes nos círculos letrados nos quais Machado de Assis se formou e que frequentou ao longo de toda a vida.

Neste volume, foram adotadas as formas mais correntes das seguintes variantes registradas no *Vocabulário ortográfico da língua portuguesa* (6. ed. Rio de Janeiro: Academia Brasileira de Letras, 2021): "afectação", "afectado", "afectuoso", "cálix", "céptico", "cômplice", "contacto", "deleixo", "dialéctica", "estrictamente", "estupefacto", "facto", "insecto", "inverosimilhança", "jocundo", "ômnibus", "óptimo", "quatorze", "rectificar", "recto", "reflectido", "regímen", "reptil", "subtil" e "verosímil". Foi respeitada a oscilação entre "cousa"/"coisa", "dous"/"dois" e "noite"/"noute", e mantida a grafia de "doudamente" e "doudo".

Para a identificação e atualização das variantes, também foram consultados o *Índice do vocabulário de Machado de Assis*, publicação digital da Academia Brasileira de Letras, e o *Vocabulário onomástico da língua portuguesa* (Rio de Janeiro: Academia Brasileira de Letras, 1999). Os *Vocabulários* e o *Índice* são as obras de referência para a ortografia adotada nesta edição. A exceção é a grafia "New York", mantida conforme a edição de base.

Alguns usos peculiares do autor e da época foram respeitados, como a flexão do advérbio "meio"; as ocorrências de "concerto" e "concertar", tanto no sentido de "pôr em boa ordem", "arrumar", "endireitar" como no de "reparar", "restaurar", sem a distinção, hoje corrente, mas difícil de determinar, entre "concerto" e "conserto"; a ausência de aspas ou travessão para introduzir falas, que quase se misturam à voz do narrador; e o uso de dois-pontos em situações em que hoje se prefere ponto e vírgula, e vice-versa.

Os destaques do texto de base, com itálico ou aspas, foram mantidos. As palavras em língua estrangeira que aparecem sem qualquer destaque foram atualizadas. Nos casos em que as obras de referência são omissas, manteve-se a grafia da edição de base.

Os sinais gráficos foram padronizados da seguinte forma: aspas (" "), apóstrofos ('), reticências (...) e travessões (—). O uso de espaçamentos, recuo e aspas na transcrição de bilhetes e cartas foi padronizado, bem como a pontuação após citações e falas entre aspas antecedidas de dois-pontos.

A abreviatura adotada para "vossa senhoria" foi "V. Sa.".

As intervenções no texto que não seguem os princípios indicados anteriormente, que não se devem a erros evidentes de composição tipográfica ou, nos casos duvidosos, não acompanham a solução da edição crítica, vêm indicadas por notas de fim, chamadas por letras.

As notas de rodapé, chamadas por números, visam elucidar o significado de palavras ou referências não facilmente encontráveis nos bons dicionários da língua ou por meio de ferramentas eletrônicas de busca e trazer traduções de citações em língua estrangeira. Por vezes, elas abordam também o contexto a que se referem os escritos. As deste volume foram elaboradas por Hélio de Seixas Guimarães [hg], Ieda Lebensztayn [il], Karina Okamoto [ko], Manoel Mourivaldo Santiago-Almeida [ms] e Paulo Dutra [pd].

O organizador agradece a Luciana Antonini Schoeps pela leitura da apresentação e pelas sugestões.

Machado de Assis

****

Histórias sem data

Advertência

De todos os contos que aqui se acham há dous que efetivamente não levam data expressa; os outros a têm, de maneira que este título *Histórias sem data* parecerá a alguns ininteligível, ou vago. Supondo, porém, que o meu fim é definir estas páginas como tratando, em substância, de cousas que não são especialmente do dia, ou de um certo dia, penso que o título está explicado. E é o pior que lhe pode acontecer, pois o melhor dos títulos é ainda aquele que não precisa de explicação.

M. DE A.

A igreja do Diabo

****

Capítulo I.
De uma ideia mirífica

Conta um velho manuscrito beneditino que o Diabo, em certo dia, teve a ideia de fundar uma igreja. Embora os seus lucros fossem contínuos e grandes, sentia-se humilhado com o papel avulso que exercia desde séculos, sem organização, sem regras, sem cânones, sem ritual, sem nada. Vivia, por assim dizer, dos remanescentes divinos, dos descuidos e obséquios humanos. Nada fixo, nada regular. Por que não teria ele a sua igreja? Uma igreja do Diabo era o meio eficaz de combater as outras religiões, e destruí-las de uma vez.

— Vá, pois, uma igreja, concluiu ele. Escritura contra Escritura, breviário contra breviário. Terei a minha missa, com vinho e pão à farta, as minhas prédicas, bulas, novenas e todo o demais aparelho eclesiástico. O meu credo será o núcleo universal dos espíritos, a minha igreja uma tenda de Abraão. E depois, enquanto as outras religiões se combatem e se dividem, a minha igreja será única; não acharei diante de mim, nem Maomé, nem Lutero. Há muitos modos de afirmar; há só um de negar tudo.

Dizendo isto, o Diabo sacudiu a cabeça e estendeu os braços, com um gesto magnífico e varonil. Em seguida, lembrou-se de ir ter com Deus para comunicar-lhe a ideia, e desafiá-lo; levantou os olhos, acesos de ódio, ásperos de vingança, e disse consigo: — Vamos, é tempo. E rápido, batendo as asas, com tal estrondo que abalou todas as províncias do abismo, arrancou da sombra para o infinito azul.

Capítulo II.
Entre Deus e o Diabo

Deus recolhia um ancião, quando o Diabo chegou ao céu. Os serafins que engrinaldavam o recém-chegado, detiveram-se logo, e o Diabo deixou-se estar à entrada com os olhos no Senhor.

— Que me queres tu? perguntou este.

— Não venho pelo vosso servo Fausto, respondeu o Diabo rindo, mas por todos os Faustos do século e dos séculos.

— Explica-te.

— Senhor, a explicação é fácil; mas permiti que vos diga: recolhei primeiro esse bom velho; dai-lhe o melhor lugar, mandai que as mais afinadas cítaras e alaúdes o recebam com os mais divinos coros...

— Sabes o que ele fez? perguntou o Senhor, com os olhos cheios de doçura.

— Não, mas provavelmente é dos últimos que virão ter convosco. Não tarda muito que o céu fique semelhante a uma casa vazia, por causa do preço, que é alto. Vou edificar uma hospedaria barata; em duas palavras, vou fundar uma igreja. Estou cansado da minha desorganização, do meu reinado casual e adventício. É tempo de obter a vitória final e completa. E então vim dizer-vos isto, com lealdade, para que me não acuseis de dissimulação... Boa ideia, não vos parece?

— Vieste dizê-la, não legitimá-la, advertiu o Senhor.

— Tendes razão, acudiu o Diabo; mas o amor-próprio gosta de ouvir o aplauso dos mestres. Verdade é que neste caso seria o aplauso de um mestre vencido, e uma tal exigência... Senhor, desço à terra; vou lançar a minha pedra fundamental.

— Vai.

— Quereis que venha anunciar-vos o remate da obra?

— Não é preciso; basta que me digas desde já por que motivo, cansado há tanto da tua desorganização, só agora pensaste em fundar uma igreja?

O Diabo sorriu com certo ar de escárnio e triunfo. Tinha alguma ideia cruel no espírito, algum reparo picante no alforje da memória, qualquer cousa que, nesse breve instante da eternidade, o fazia crer superior ao próprio Deus. Mas recolheu o riso, e disse:

— Só agora concluí uma observação, começada desde alguns séculos, e é que as virtudes, filhas do céu, são em grande número comparáveis a rainhas, cujo manto de veludo rematasse em franjas de algodão. Ora, eu proponho-me a puxá-las por essa franja, e trazê-las todas para minha igreja; atrás delas virão as de seda pura...

— Velho retórico! murmurou o Senhor.

— Olhai bem. Muitos corpos que ajoelham aos vossos pés, nos templos do mundo, trazem as anquinhas da sala e da rua, os rostos tingem-se do mesmo pó, os lenços cheiram aos mesmos cheiros, as pupilas centelham de curiosidade e devoção entre o livro santo e o bigode do pecado. Vede o ardor, — a indiferença, ao menos, — com que esse cavalheiro põe em letras públicas os benefícios que liberalmente espalha, — ou sejam roupas ou botas, ou moedas, ou quaisquer dessas matérias necessárias à vida... Mas não quero parecer que me detenho em cousas miúdas; não falo, por exemplo, da placidez com que este juiz de irmandade, nas procissões, carrega piedosamente ao peito o vosso amor e uma comenda... Vou a negócios mais altos...

Nisto os serafins agitaram as asas pesadas de fastio e sono. Miguel e Gabriel fitaram no Senhor um olhar de súplica. Deus interrompeu o Diabo.

— Tu és vulgar, que é o pior que pode acontecer a um espírito da tua espécie, replicou-lhe o Senhor. Tudo o que dizes ou digas está dito e redito pelos moralistas do mundo. É assunto gasto; e se não tens força, nem originalidade para renovar um assunto gasto, melhor é que te cales e te retires. Olha; todas as minhas legiões mostram no rosto os sinais vivos do tédio que lhes dás. Esse mesmo ancião parece enjoado; e sabes tu o que ele fez?

— Já vos disse que não.

— Depois de uma vida honesta, teve uma morte sublime. Colhido em um naufrágio, ia salvar-se numa tábua; mas viu um casal de noivos, na flor da vida, que se debatiam já com a morte; deu-lhes a tábua de salvação e mergulhou na eternidade. Nenhum público: a água e o céu por cima. Onde achas aí a franja de algodão?

— Senhor, eu sou, como sabeis, o espírito que nega.

— Negas esta morte?

— Nego tudo. A misantropia pode tomar aspecto de caridade; deixar a vida aos outros, para um misantropo, é realmente aborrecê-los...

— Retórico e sutil! exclamou o Senhor. Vai, vai, funda a tua igreja; chama todas as virtudes, recolhe todas as franjas, convoca todos os homens... Mas, vai! vai!

Debalde o Diabo tentou proferir alguma coisa mais. Deus impusera-lhe silêncio; os serafins, a um sinal divino, encheram o céu com as harmonias de seus cânticos. O Diabo sentiu, de repente, que se achava no ar; dobrou as asas, e, como um raio, caiu na terra.

Capítulo III.
A boa nova aos homens

Uma vez na terra, o Diabo não perdeu um minuto. Deu-se pressa em enfiar a cogula beneditina, como hábito de boa fama, e entrou a espalhar uma doutrina nova e extraordinária, com uma voz que reboava nas entranhas do século. Ele prometia aos seus discípulos e fiéis as delícias da terra, todas as glórias, os deleites mais íntimos. Confessava que era o Diabo; mas confessava-o para retificar a noção que os homens tinham dele e desmentir as histórias que a seu respeito contavam as velhas beatas.

— Sim, sou o Diabo, repetia ele; não o Diabo das noites sulfúreas, dos contos soníferos, terror das crianças, mas o Diabo verdadeiro e único, o próprio gênio da natureza, a que se deu aquele nome para arredá-lo do coração dos homens. Vede-me gentil e airoso. Sou o vosso verdadeiro pai. Vamos lá: tomai daquele nome, inventado para meu desdouro, fazei dele um troféu e um lábaro, e eu vos darei tudo, tudo, tudo, tudo, tudo, tudo...

Era assim que falava, a princípio, para excitar o entusiasmo, espertar os indiferentes, congregar, em suma, as multidões ao pé de si. E elas vieram; e logo que vieram, o Diabo passou a definir a doutrina. A doutrina era a que podia ser na boca de um espírito de negação. Isso quanto à substância, porque, acerca da forma, era umas vezes sutil, outras cínica e deslavada.

Clamava ele que as virtudes aceitas deviam ser substituídas por outras, que eram as naturais e legítimas. A soberba, a luxúria, a preguiça foram reabilitadas, e assim também a avareza, que declarou não ser mais do que a mãe da economia, com a diferença que a mãe era robusta, e a filha uma esgalgada. A ira tinha a melhor defesa na existência de Homero; sem o furor de Aquiles, não haveria a *Ilíada*: "Musa, canta a cólera de Aquiles, filho de Peleu...". O mesmo disse da gula, que produziu as melhores páginas de Rabelais, e muitos bons versos de *Hissope*; virtude tão superior, que ninguém se lembra das batalhas de Lúculo, mas das suas ceias; foi a gula que realmente o fez imortal. Mas, ainda pondo de lado essas razões de ordem literária ou histórica, para só mostrar o valor intrínseco daquela virtude, quem negaria que era muito melhor sentir na boca e no ventre os bons manjares, em grande cópia, do que os maus bocados, ou a saliva do jejum? Pela sua parte o Diabo prometia substituir a vinha do Senhor, expressão metafórica, pela vinha do Diabo, locução direta e verdadeira, pois não faltaria nunca aos seus com o fruto das mais belas cepas do mundo. Quanto à inveja, pregou friamente que era a virtude principal, origem de prosperidades infinitas; virtude preciosa, que chegava a suprir todas as outras, e ao próprio talento.

As turbas corriam atrás dele entusiasmadas. O Diabo incutia-lhes, a grandes golpes de eloquência, toda a nova ordem de cousas, trocando a noção delas, fazendo amar as perversas e detestar as sãs.

Nada mais curioso, por exemplo, do que a definição que ele dava da fraude. Chamava-lhe o braço esquerdo do homem; o braço direito era a força; e concluía: Muitos homens são canhotos, eis tudo. Ora, ele não exigia que todos fossem canhotos; não era exclusivista. Que uns fossem canhotos, outros destros; aceitava a todos, menos os que não fossem nada. A demonstração, porém, mais rigorosa e profunda, foi a da venalidade. Um casuísta do tempo chegou a confessar que era um monumento de lógica. A venalidade, disse o Diabo, era o exercício de um direito superior a todos os direitos. Se tu podes vender a tua casa, o teu boi, o teu sapato, o teu chapéu, cousas que são tuas por uma razão jurídica e legal, mas que, em todo caso, estão fora de ti, como é que não podes vender a tua opinião, o teu voto, a tua palavra, a tua fé, cousas que são mais do que tuas, porque são a tua própria consciência, isto é, tu mesmo? Negá-lo é cair no absurdo e no contraditório. Pois não há mulheres que vendem os cabelos? não pode um homem vender uma parte do seu sangue para transfundi-lo a outro homem anêmico? e o sangue e os cabelos, partes físicas, terão um privilégio que se nega ao caráter, à porção moral do homem? Demonstrando assim o princípio, o Diabo não se demorou em expor as vantagens de ordem temporal ou pecuniária; depois, mostrou ainda que, à vista do preconceito social, conviria dissimular o exercício de um direito tão legítimo, o que era exercer ao mesmo tempo a venalidade e a hipocrisia, isto é, merecer duplicadamente.

E descia, e subia, examinava tudo, retificava tudo. Está claro que combateu o perdão das injúrias e outras máximas de brandura e cordialidade. Não proibiu formalmente a calúnia gratuita, mas induziu a exercê-la mediante retribuição, ou pecuniária, ou de outra espécie; nos casos, porém, em que ela fosse uma expansão imperiosa da força imaginativa, e nada mais, proibia receber nenhum salário, pois equivalia a fazer pagar a transpiração. Todas as formas de respeito foram condenadas por ele, como elementos possíveis de um certo decoro social e pessoal; salva, todavia, a única exceção do interesse. Mas essa mesma exceção foi logo eliminada, pela consideração de que o interesse, convertendo o respeito em simples adulação, era este o sentimento aplicado e não aquele.

Para rematar a obra, entendeu o Diabo que lhe cumpria cortar por toda a solidariedade humana. Com efeito, o amor do próximo era um obstáculo grave à nova instituição. Ele mostrou que essa regra era uma simples invenção de parasitas e negociantes insolváveis; não se devia dar ao próximo senão indiferença; em alguns casos, ódio ou desprezo. Chegou mesmo à demonstração de que a noção de próximo era errada, e citava esta frase de um padre de Nápoles, aquele fino e letrado Galiani, que escrevia a uma das marquesas do antigo regime:[A] "Leve a breca o próximo! Não há próximo!".[1]

---

1. Ferdinando Galiani foi um padre, economista e literato italiano, importante figura do Iluminismo. Em *Correspondance inédite de l'Abbé Ferdinand Galiani, conseiller du roi, pendant les années 1765 à 1783* [Correspondência inédita do abade

A única hipótese em que ele permitia amar ao próximo era quando se tratasse de amar as damas alheias, porque essa espécie de amor tinha a particularidade de não ser outra cousa mais do que o amor do indivíduo a si mesmo. E como alguns discípulos achassem que uma tal explicação, por metafísica, escapava à compreensão das turbas, o Diabo recorreu a um apólogo: — Cem pessoas tomam ações de um banco, para as operações comuns; mas cada acionista não cuida realmente senão nos seus dividendos: é o que acontece aos adúlteros. Este apólogo foi incluído no livro da sabedoria.

Capítulo IV.
Franjas e franjas

A previsão do Diabo verificou-se. Todas as virtudes cuja capa de veludo acabava em franja de algodão, uma vez puxadas pela franja, deitavam a capa às urtigas e vinham alistar-se na igreja nova.[2] Atrás foram chegando as outras, e o tempo abençoou a instituição.

> Ferdinand Galiani, conselheiro do rei, de 1765 a 1783] (1818), na carta a Mme. d'Épinay, enviada de Nápoles em 1773, escreve: "O palavrório e a confusão vêm de que todos se metem a pleitear a causa dos outros, jamais a própria. O abade Morellet pleiteia contra os padres, Helvetius contra os financistas, Baudot contra os preguiçosos, e todos pelo grande bem do próximo. *Peste seja o próximo! Não há próximo*. Diga o que precisa ou se cale. Adeus". [IL]
>
> 2. "Deitar a capa às urtigas", assim como "lançar às urtigas" e "mandar às urtigas", equivale a deixar de lado, abandonar, deixar de ter interesse. [IL]

A igreja fundara-se; a doutrina propagava-se; não havia uma região do globo que não a conhecesse, uma língua que não a traduzisse, uma raça que não a amasse. O Diabo alçou brados de triunfo.

Um dia, porém, longos anos depois notou o Diabo que muitos dos seus fiéis, às escondidas, praticavam as antigas virtudes. Não as praticavam todas, nem integralmente, mas algumas, por partes, e, como digo, às ocultas. Certos glutões recolhiam-se a comer frugalmente três ou quatro vezes por ano, justamente em dias de preceito católico; muitos avaros davam esmolas, à noite, ou nas ruas mal povoadas; vários dilapidadores do erário restituíam-lhe pequenas quantias; os fraudulentos falavam, uma ou outra vez, com o coração nas mãos, mas com o mesmo rosto dissimulado, para fazer crer que estavam embaçando os outros.

A descoberta assombrou o Diabo. Meteu-se a conhecer mais diretamente o mal, e viu que lavrava muito. Alguns casos eram até incompreensíveis, como o de um droguista do Levante, que envenenara longamente uma geração inteira, e, com o produto das drogas,[A] socorria os filhos das vítimas. No Cairo achou um perfeito ladrão de camelos, que tapava a cara para ir às mesquitas. O Diabo deu com ele à entrada de uma, lançou-lhe em rosto o procedimento; ele negou, dizendo que ia ali roubar o camelo de um dragomano;[B] roubou-o, com efeito, à vista do Diabo e foi dá-lo de presente a um muezim, que rezou por ele a Alá. O manuscrito beneditino cita muitas outras descobertas extraordinárias, entre elas esta, que desorientou completamente o Diabo. Um dos seus melhores apóstolos era um calabrês, varão de cinquenta anos, insigne falsificador de documentos, que possuía uma bela casa na campanha romana, telas, estátuas, biblioteca, etc. Era a fraude em pessoa; chegava a meter-se na cama para não confessar que estava são. Pois esse homem, não só não furtava ao jogo, como ainda dava gratificações aos criados. Tendo angariado a amizade de um cônego, ia todas as semanas confessar-se com ele, numa capela solitária; e, conquanto não lhe desvendasse nenhuma das suas ações secretas, benzia-se duas vezes, ao ajoelhar-se, e ao levantar-se. O Diabo mal pôde crer tamanha aleivosia. Mas não havia duvidar; o caso era verdadeiro.

Não se deteve um instante. O pasmo não lhe deu tempo de refletir, comparar e concluir do espetáculo presente alguma cousa análoga ao passado. Voou de novo ao céu, trêmulo de raiva, ansioso de conhecer a causa secreta de tão singular fenômeno. Deus ouviu-o com infinita complacência; não o interrompeu, não o repreendeu, não triunfou, sequer, daquela agonia satânica. Pôs os olhos nele, e disse-lhe:

— Que queres tu, meu pobre Diabo? As capas de algodão têm agora franjas de seda, como as de veludo tiveram franjas de algodão. Que queres tu? é a eterna contradição humana.

O lapso

****

> *E vieram todos os oficiais... e o resto do povo,*
> *desde o pequeno até ao grande.*
> *E disseram ao profeta Jeremias:*
> *Seja aceita a nossa súplica na tua presença.*
> Jeremias, *capítulo* XLII, *versículos* 1,2ᴬ

Não me perguntem pela família do Dr. Jeremias Halma, nem o que é que ele veio fazer ao Rio de Janeiro, naquele ano de 1768, governando o conde de Azambuja, que a princípio se disse o mandara buscar; esta versão durou pouco. Veio, ficou e morreu com o século. Posso afirmar que era médico e holandês. Viajara muito, sabia toda a química do tempo, e mais alguma; falava correntemente cinco ou seis línguas vivas e duas mortas. Era tão universal e inventivo, que dotou a poesia malaia com um novo metro, e engendrou uma teoria da formação dos diamantes. Não conto os melhoramentos terapêuticos, e outras muitas cousas, que o recomendam à nossa admiração. Tudo isso, sem ser casmurro, nem orgulhoso. Ao contrário, a vida e a pessoa dele eram como a casa que um patrício lhe arranjou na rua do Piolho, casa singelíssima, onde ele morreu pelo Natal de 1799. Sim, o Dr. Jeremias era simples, lhano, modesto, tão modesto que... Mas isto seria transtornar a ordem do conto. Vamos ao princípio.

No fim da rua do Ouvidor, que ainda não era a via dolorosa dos maridos pobres, perto da antiga rua dos

Latoeiros, morava por esse tempo um tal Tomé Gonçalves, homem abastado, e, segundo algumas induções, vereador da câmara. Vereador ou não, este Tomé Gonçalves não tinha só dinheiro, tinha também dívidas, não poucas, nem todas recentes. O descuido podia explicar os seus atrasos, a velhacaria também; mas quem opinasse por uma ou outra dessas interpretações, mostraria que não sabe ler uma narração grave. Realmente, não valia a pena dar-se ninguém à tarefa de escrever algumas laudas de papel para dizer que houve, nos fins do século passado, um homem que, por velhacaria ou desleixo, deixava de pagar aos credores. A tradição afirma que este nosso concidadão era exato em todas as cousas, pontual nas obrigações mais vulgares, severo e até meticuloso. A verdade é que as ordens terceiras e irmandades que tinham a fortuna de o possuir (era irmão-remido de muitas, desde o tempo em que usava pagar), não lhe regateavam provas de afeição e apreço: e, se é certo que foi vereador, como tudo faz crer, pode-se jurar que o foi a contento da cidade.

Mas então...? Lá vou; nem é outra a matéria do escrito, senão esse curioso fenômeno, cuja causa, se a conhecemos, foi porque a descobriu o Dr. Jeremias. Em uma tarde de procissão, Tomé Gonçalves, trajado com o hábito de uma ordem terceira, ia segurando uma das varas do pálio, e caminhando com a placidez de um homem que não faz mal a ninguém. Nas janelas e ruas estavam muitos dos seus credores; dois, entretanto, na esquina do beco das Cancelas (a procissão descia a rua do Hospício), depois de ajoelhados, rezados, persignados e levantados, perguntaram um ao outro, se não era tempo de recorrer à justiça.

— Que é que me pode acontecer? dizia um deles. Se brigar comigo, melhor; não me levará mais nada de graça. Não brigando, não lhe posso negar o que me pedir, e na esperança de receber os atrasados, vou fiando... Não, senhor; não pode continuar assim.

— Pela minha parte, acudiu o outro, se ainda não fiz nada, é por causa da minha dona, que é medrosa, e entende que não devo brigar com pessoa tão importante... Mas eu como ou bebo da importância dos outros? E as minhas cabeleiras?

Este era um cabeleireiro da rua da Vala defronte da Sé, que vendera ao Tomé Gonçalves dez cabeleiras, em cinco anos, sem lhe haver nunca um real. O outro era alfaiate, e ainda maior credor que o primeiro. A procissão passara inteiramente; eles ficaram na esquina, ajustando o plano de mandar os meirinhos ao Tomé Gonçalves. O cabeleireiro advertiu que outros muitos credores só esperavam um sinal para cair em cima do devedor remisso; e o alfaiate lembrou a conveniência de meter na conjuração o Mata-sapateiro, que vivia desesperado. Só a ele devia o Tomé Gonçalves mais de oitenta mil-réis. Nisso estavam, quando por trás deles ouviram uma voz, com sotaque estrangeiro, perguntando por que motivo conspiravam contra um homem doente. Voltaram-se, e, dando com o Dr. Jeremias, desbarretaram-se os dois credores, tomados de profunda veneração; em seguida disseram que tanto não era doente o devedor, que lá ia andando na procissão, muito teso, pegando uma das varas do pálio.

— Que tem isso? interrompeu o médico; ninguém lhes diz que está doente dos braços, nem das pernas...

— Do coração? do estômago?

— Nem coração, nem estômago, respondeu o Dr. Jeremias. E continuou, com muita doçura, que se tratava de negócios altamente especulativos, que não podia dizer ali, na rua, nem sabia mesmo se eles chegariam a entendê-lo. Se eu tiver de pentear uma cabeleira ou talhar um calção — acrescentou para os não afligir, — é provável que não alcance as regras dos seus ofícios tão úteis, tão necessários ao Estado... Eh! eh! eh!

Rindo assim, amigavelmente cortejou-os e foi andando. Os dois credores ficaram embasbacados. O cabeleireiro foi o primeiro que falou, dizendo que a notícia do Dr. Jeremias não era tal que os devesse afrouxar no propósito de cobrar as dívidas. Se até os mortos pagam, ou alguém por eles, reflexionou o cabeleireiro, não é muito exigir aos doentes igual obrigação. O alfaiate, invejoso da pilhéria, fê-la sua cosendo-lhe este babado: — Pague e cure-se.

Não foi dessa opinião o Mata-sapateiro, que entendeu haver alguma razão secreta nas palavras do doutor Jeremias, e propôs que primeiro se examinasse bem o que era, e depois se resolvesse o mais idôneo. Convidaram então outros credores a um conciliábulo, no domingo próximo, em casa de uma D. Aninha, para as bandas do Rossio, a pretexto de um batizado. A precaução era discreta, para não fazer supor ao intendente da polícia que se tratava de alguma tenebrosa maquinação contra o Estado. Mal anoiteceu, começaram a entrar os credores, embuçados em capotes, e, como a iluminação pública só veio a principiar com o vice-reinado do conde de Resende, levava cada qual uma lanterna na mão, ao uso do tempo, dando assim ao conciliábulo um rasgo pinturesco e teatral. Eram trinta e tantos, perto de quarenta — e não eram todos.

A teoria de Ch. Lamb acerca da divisão do gênero humano em duas grandes raças,[3] é posterior ao conciliábulo do Rossio; mas nenhum outro exemplo a demonstraria melhor. Com efeito, o ar abatido ou aflito daqueles homens, o desespero de alguns, a preocupação de todos, estavam de antemão provando que a teoria do fino ensaísta é verdadeira, e que das duas grandes raças humanas, — a dos homens que emprestam, e a dos que pedem emprestado, — a primeira contrasta pela tristeza do gesto com as maneiras rasgadas e francas da segunda, *the open, trusting, generous manners of the other*. Assim que, naquela mesma hora, o Tomé Gonçalves, tendo voltado da procissão, regalava alguns amigos com os vinhos e galinhas que comprara fiado; ao passo que os credores estudavam às escondidas, com um ar desenganado e amarelo, algum meio de reaver o dinheiro perdido.

Longo foi o debate; nenhuma opinião chegava a concertar os espíritos. Uns inclinavam-se à demanda, outros à espera, não poucos aceitavam o alvitre de consultar o Dr. Jeremias. Cinco ou seis partidários deste

3. Charles Lamb foi o escritor inglês que, em "The Two Races of Men" [As duas raças de homens] (1823), afirmou que a espécie humana é dividida entre homens que pedem emprestado e aqueles que emprestam. No ensaio, estes últimos são caracterizados, ironicamente, por suas maneiras francas, confiantes e generosas (*"the open, trusting, generous manners"*). Lamb é autor de vários ensaios humorísticos muito apreciados e referidos por Machado de Assis, que tinha em sua biblioteca uma seleta em francês de seus escritos, *Essais choisis* [Ensaios escolhidos] (1880). [IL/HG]

parecer não o defendiam senão com a intenção secreta e disfarçada de não fazer cousa nenhuma; eram os servos do medo e da esperança. O cabeleireiro opunha-se-lhe, e perguntava que moléstia haveria que impedisse um homem de pagar o que deve. Mas o Mata-sapateiro: — "Sr. compadre, nós não entendemos desses negócios; lembre-se que o doutor é estrangeiro, e que nas terras estrangeiras sabem cousas que nunca lembraram ao diabo. Em todo caso, só perdemos algum tempo e nada mais". Venceu este parecer; deputaram o sapateiro, o alfaiate e o cabeleireiro para entenderem-se com o Dr. Jeremias, em nome de todos, e o conciliábulo dissolveu-se na patuscada. Terpsícore bracejou e perneou diante deles as suas graças jucundas, e tanto bastou para que alguns esquecessem a úlcera secreta que os roía. *Eheu! fugaces...*[4] Nem mesmo a dor é constante.

No dia seguinte o Dr. Jeremias recebeu os três credores, entre sete e oito horas da manhã. "Entrem, entrem..." E com o seu largo carão holandês, e o riso derramado pela boca fora, como um vinho generoso de pipa que se rompeu, o grande médico veio em pessoa abrir-lhes a porta. Estudava nesse momento uma cobra, morta de véspera, no morro de Santo Antônio; mas a humanidade, costumava ele dizer, é anterior à ciência. Convidou os três a sentarem-se nas três únicas cadeiras devolutas; a quarta era a dele; as outras, umas cinco ou seis, estavam atulhadas de objetos de toda a casta.

---

4. A expressão latina, que pode ser traduzida por "Ai de nós! [os anos passam] fugazes", aparece no início da ode 14 do livro II das *Odes* (23 a.C.) do poeta Horácio da seguinte forma: "*Eheu fugaces* [...] *labuntur anni*". [IL]

Foi o Mata-sapateiro quem expôs a questão; era dos três o que reunia maior cópia de talentos diplomáticos. Começou dizendo que o engenho do "Sr. doutor" ia salvar da miséria uma porção de famílias, e não seria a primeira nem a última grande obra de um médico que, não desfazendo nos da terra, era o mais sábio de quantos cá havia desde o governo de Gomes Freire. Os credores de Tomé Gonçalves não tinham outra esperança. Sabendo que o "Sr. doutor" atribuía os atrasos daquele cidadão a uma doença, tinham assentado que primeiro se tentasse a cura, antes de qualquer recurso à justiça. A justiça ficaria para o caso de desespero. Era isto o que vinham dizer-lhe, em nome de dezenas de credores; desejavam saber se era verdade que, além de outros achaques humanos, havia o de não pagar as dívidas, se era mal incurável, e, não o sendo, se as lágrimas de tantas famílias...

— Há uma doença especial, interrompeu o Dr. Jeremias, visivelmente comovido, um lapso da memória; o Tomé Gonçalves perdeu inteiramente a noção de pagar. Não é por descuido, nem de propósito que ele deixa de saldar as contas; é porque esta ideia de pagar, de entregar o preço de uma cousa, varreu-se-lhe da cabeça. Conheci isto há dois meses, estando em casa dele, quando ali foi o prior do Carmo, dizendo que ia "pagar-lhe a fineza de uma visita". Tomé Gonçalves, apenas o prior se despediu, perguntou-me o que era *pagar*; acrescentou que, alguns dias antes, um boticário lhe dissera a mesma palavra, sem nenhum outro esclarecimento, parecendo-lhe até que já a ouvira a outras pessoas; por ouvi-la da boca do prior, supunha ser latim. Compreendi tudo; tinha estudado a moléstia em várias partes do mundo, e compreendi que ele estava atacado do lapso. Foi por isso que disse outro dia a estes dois senhores que não demandassem um homem doente.

— Mas então, aventurou o Mata, pálido, o nosso dinheiro está completamente perdido...

— A moléstia não é incurável, disse o médico.

— Ah!

— Não é; conheço e possuo a droga curativa, e já a empreguei em dous grandes casos: — um barbeiro, que perdera a noção do espaço, e, à noite,ᴬ estendia a mão para arrancar as estrelas do céu, e uma senhora da Catalunha, que perdera a noção do marido. O barbeiro arriscou muitas vezes a vida, querendo sair pelas janelas mais altas das casas, como se estivesse ao rés do chão...

— Santo Deus! exclamaram os três credores.

— É o que lhes digo, continuou placidamente o médico. Quanto à dama catalã, a princípio confundia o marido com um licenciado Matias, alto e fino, quando o marido era grosso e baixo; depois com um capitão, D. Hermógenes, e, no tempo em que comecei a tratá-la,ᴮ com um clérigo. Em três meses ficou boa. Chamava-se D. Agostinha.

Realmente, era uma droga miraculosa. Os três credores estavam radiantes de esperança; tudo fazia crer que o Tomé Gonçalves padecia do lapso, e, uma vez que a droga existia, e o médico a tinha em casa... Ah! mas aqui pegou o carro. O Dr. Jeremias não era familiar da casa do enfermo, embora entretivesse relações com ele; não podia ir oferecer-lhe os seus préstimos. Tomé Gonçalves não tinha parentes que tomassem a responsabilidade de convidar o médico, nem os credores podiam tomá-la a si. Mudos, perplexos, consultaram-se com os olhos. Os do alfaiate, como os do cabeleireiro, exprimiram este alvitre desesperado; cotizarem-se os credores, e, mediante uma quantia grossa e apetitosa, convidarem o Dr. Jeremias à cura; talvez o interesse... Mas o ilustre Mata viu o perigo de um tal propósito, porque o doente podia não ficar bom, e a perda seria dobrada. Grande era a angústia; tudo parecia perdido. O médico rolava entre os dedos a boceta de rapé, esperando que eles se fossem embora, não impaciente, mas risonho. Foi então que o Mata, como um capitão dos grandes dias, viu o ponto fraco do inimigo; advertiu que as suas primeiras palavras tinham comovido o médico, e tornou às lágrimas das famílias, aos filhos sem pão, porque eles não eram senão uns tristes oficiais de ofício ou mercadores de pouca fazenda, ao passo que o Tomé Gonçalves era rico. Sapatos, calções, capotes, xaropes, cabeleiras, tudo o que lhes custava dinheiro, tempo e saúde... Saúde, sim, senhor; os calos de suas mãos mostravam bem que o ofício era duro; e o alfaiate, seu amigo, que ali estava presente, e que entisicava, às noites, à luz de uma candeia, zás-que-darás, puxando a agulha...

Magnânimo Jeremias! Não o deixou acabar; tinha os olhos úmidos de lágrimas. O acanho de suas maneiras era compensado pelas expansões de um coração pio e humano. Pois, sim; ia tentar o curativo, ia pôr a ciência ao serviço de uma causa justa. Demais, a vantagem era também e principalmente do próprio Tomé Gonçalves, cuja fama andava abocanhada, por um motivo em que ele tinha tanta culpa como o doudo que pratica uma iniquidade. Naturalmente, a alegria dos deputados traduziu-se em rapapés infindos e grandes louvores aos insignes merecimentos do médico. Este cortou-lhes modestamente o discurso, convidando-os a almoçar, obséquio que eles não aceitaram, mas agradeceram com palavras cordialíssimas. E, na rua,^ quando ele já os não podia ouvir, não se fartavam de elogiar-lhe a ciência, a bondade, a generosidade, a delicadeza, os modos tão simples! tão naturais!

Desde esse dia começou Tomé Gonçalves a notar a assiduidade do médico, e, não desejando outra cousa, porque lhe queria muito, fez tudo o que lhe lembrou por atá-lo de vez aos seus penates. O lapso do infeliz era completo; tanto a ideia de *pagar*, como as ideias correlatas de *credor*, *dívida*, *saldo*, e outras tinham-se-lhe apagado da memória, constituindo-lhe assim um largo furo no espírito. Temo que se me argua de comparações extraordinárias, mas o abismo de Pascal é o que mais prontamente vem ao bico da pena. Tomé Gonçalves tinha o abismo de Pascal, não ao lado, mas dentro de si mesmo, e tão profundo que cabiam nele mais de sessenta credores que se debatiam lá embaixo com o ranger de dentes da Escritura. Urgia extrair todos esses infelizes e entulhar o buraco.

Jeremias fez crer ao doente que andava abatido, e, para retemperá-lo, começou a aplicar-lhe a droga. Não bastava a droga; era mister um tratamento subsidiário, porque a cura operava-se de dous modos: — o modo geral e abstrato, restauração da ideia de pagar, com todas as noções correlatas — era a parte confiada à droga; e o modo particular e concreto, insinuação ou designação de uma certa dívida e de um certo credor — era a parte do médico. Suponhamos que o credor escolhido era o sapateiro. O médico levava o doente às lojas de sapatos, para assistir à compra e venda da mercadoria, e ver uma e muitas vezes a ação de pagar; falava da fabricação e venda dos sapatos no resto do mundo, cotejava os preços do calçado naquele ano de 1768 com o que tinha trinta ou quarenta anos antes; fazia com que o sapateiro fosse dez, vinte vezes à casa de Tomé Gonçalves levar a conta e pedir o dinheiro, e cem outros estratagemas. Assim com o alfaiate, o cabeleireiro, o segeiro, o boticário, um a um, levando mais tempo os primeiros, pela razão natural de estar a doença mais arraigada, e lucrando os últimos com o trabalho anterior, donde lhes vinha a compensação da demora.

Tudo foi pago. Não se descreve a alegria dos credores, não se transcrevem as bênçãos com que eles encheram o nome do Dr. Jeremias. Sim, senhor, é um grande homem, bradavam em toda a parte. Parece cousa de feitiçaria, aventuravam as mulheres. Quanto ao Tomé Gonçalves, pasmado de tantas dívidas velhas, não se fartava de elogiar a longanimidade dos credores, censurando-os ao mesmo tempo pela acumulação.

— Agora, dizia-lhes, não quero contas de mais de oito dias.

— Nós é que lhe marcaremos o tempo, respondiam generosamente os credores.

Restava entretanto, um credor. Esse era o mais recente, o próprio Dr. Jeremias, pelos honorários daquele serviço relevante.[a] Mas, ai dele! a modéstia atou-lhe a língua. Tão expansivo era de coração, como acanhado de maneiras; e planeou três, cinco investidas, sem chegar a executar nada. E aliás era fácil; bastava insinuar-lhe a dívida pelo método usado em relação à dos outros; mas seria bonito? perguntava a si mesmo;

seria decente? etc., etc. E esperava, ia esperando. Para não parecer que se lhe metia à cara, entrou a rarear as visitas; mas o Tomé Gonçalves ia ao casebre da rua do Piolho, e trazia-o a jantar, a cear, a falar de cousas estrangeiras, em que era muito curioso. Nada de pagar. Jeremias chegou a imaginar que os credores... Mas os credores, ainda quando pudesse passar-lhes pela cabeça a ideia de ir lembrar a dívida, não chegariam a fazê-lo, porque a supunham paga antes de todas. Era o que diziam uns aos outros, entre muitas fórmulas da sabedoria popular: — Mateus, primeiro os teus — A boa justiça começa por casa — Quem é tolo pede a Deus que o mate, etc. Tudo falso; a verdade é que o Tomé Gonçalves, no dia em que falecera, tinha um só credor no mundo: — o Dr. Jeremias.

Este, nos fins do século, chegara à canonização. — "Adeus, grande homem!" dizia-lhe o Mata, ex-sapateiro, em 1798, de dentro da sege, que o levava à missa dos carmelitas. E o outro, curvo de velhice, melancolicamente, olhando para os bicos dos pés: — Grande homem, mas pobre-diabo.

Último capítulo

Há entre os suicidas um excelente costume, que é não deixar a vida sem dizer o motivo e as circunstâncias que os armam contra ela. Os que se vão calados, raramente é por orgulho; na maior parte dos casos ou não têm tempo, ou não sabem escrever. Costume excelente: em primeiro lugar, é um ato de cortesia, não sendo este mundo um baile, de onde um homem possa esgueirar-se antes do cotilhão; em segundo lugar, a imprensa recolhe e divulga os bilhetes póstumos, e o morto vive ainda um dia ou dois, às vezes uma semana mais.

Pois apesar da excelência do costume, era meu propósito sair calado. A razão é que, tendo sido caipora em minha vida toda, temia que qualquer palavra última pudesse levar-me alguma complicação à eternidade.[5] Mas um incidente de há pouco trocou-me o plano, e retiro-me deixando, não só um escrito, mas dous. O primeiro é o meu testamento, que acabo de compor e fechar, e está aqui em cima da mesa, ao pé da pistola carregada. O segundo é este resumo de autobiografia. E note-se que não dou o segundo escrito senão porque é preciso esclarecer o primeiro, que pareceria absurdo ou ininteligível, sem algum comentário. Disponho ali que, vendidos os meus poucos livros, roupa de uso e um casebre que possuo em Catumbi, alugado a um carpinteiro, seja o produto empregado

---

5. A caracterização de personagens como caiporas, azarados é recorrente na obra de Machado de Assis. [IL]

em sapatos e botas novas, que se distribuirão por um modo indicado, e confesso que extraordinário. Não explicada a razão de um tal legado, arrisco a validade do testamento. Ora, a razão do legado brotou do incidente de há pouco, e o incidente liga-se à minha vida inteira.

Chamo-me Matias Deodato de Castro e Melo, filho do sargento-mor Salvador Deodato de Castro e Melo e de D. Maria da Soledade Pereira, ambos falecidos. Sou natural de Corumbá, Mato Grosso; nasci em 3 de março de 1820; tenho portanto, cinquenta e um anos, hoje, 3 de março de 1871.

Repito, sou um grande caipora, o mais caipora de todos os homens. Há uma locução proverbial, que eu literalmente realizei. Era em Corumbá; tinha sete para oito anos, embalava-me na rede, à hora da sesta, em um quartinho de telha-vã; a rede, ou por estar frouxa a argola, ou por impulso demasiado violento da minha parte, desprendeu-se de uma das paredes, e deu comigo no chão. Caí de costas; mas, assim mesmo de costas, quebrei o nariz, porque um pedaço de telha, malseguro, que só esperava ocasião de vir abaixo, aproveitou a comoção e caiu também. O ferimento não foi grave nem longo; tanto que meu pai caçoou muito comigo. O cônego Brito, de tarde, ao ir tomar guaraná conosco, soube do episódio e citou o rifão, dizendo que era eu o primeiro que cumpria exatamente este absurdo de cair de costas e quebrar o nariz. Nem um nem outro imaginava que o caso era um simples início de cousas futuras.

Não me demoro em outros reveses da infância e da juventude. Quero morrer ao meio-dia, e passa de onze horas. Além disso, mandei fora o rapaz que me serve, e ele pode vir mais cedo, e interromper-me a execução do projeto mortal. Tivesse eu tempo, e contaria pelo miúdo alguns episódios doloridos, entre eles, o de umas cacetadas que apanhei por engano. Tratava-se do rival de um amigo meu, rival de amores e naturalmente rival derrubado. O meu amigo e a dama indignaram-se com as pancadas quando souberam da aleivosia do outro; mas aplaudiram secretamente a ilusão. Também não falo de alguns achaques que padeci. Corro ao ponto em que meu pai, tendo sido pobre toda a vida, morreu pobríssimo, e minha mãe não lhe sobreviveu dois meses. O cônego Brito, que acabava de ser eleito deputado, propôs então trazer-me ao Rio de Janeiro, e veio comigo, com a ideia de fazer-me padre; mas cinco dias depois de chegar morreu. Vão vendo a ação constante do caiporismo.

Fiquei só, sem amigos, nem recursos, com dezesseis anos de idade. Um cônego da Capela Imperial lembrou-se de fazer-me entrar ali de sacristão; mas, posto que tivesse ajudado muita missa em Mato Grosso, e possuísse algumas letras latinas, não fui admitido, por falta de vaga. Outras pessoas induziram-me então a estudar direito, e confesso que aceitei com resolução. Tive até alguns auxílios, a princípio; faltando-me eles depois, lutei por mim mesmo; enfim alcancei a carta de bacharel. Não me digam que isto foi uma exceção na minha vida caipora, porque o diploma acadêmico levou-me justamente a cousas mui graves; mas, como o destino tinha de flagelar-me, qualquer que fosse a minha profissão, não atribuo nenhum influxo especial ao grau jurídico. Obtive-o com muito prazer, isso é verdade; a idade moça, e uma certa superstição de melhora, faziam-me do pergaminho uma chave de diamante que iria abrir todas as portas da fortuna.

E, para principiar, a carta de bacharel não me encheu sozinha as algibeiras. Não, senhor; tinha ao lado dela umas outras, dez ou quinze, fruto de um namoro travado no Rio de Janeiro, pela semana santa de 1842, com uma viúva mais velha do que eu sete ou oito anos, mas ardente, lépida e abastada. Morava com um irmão cego, na rua do Conde; não posso dar outras indicações. Nenhum dos meus amigos ignorava este namoro; dous deles até liam as cartas, que eu lhes mostrava, com o pretexto de admirar o estilo elegante da viúva, mas realmente para que vissem as finas cousas que ela me dizia. Na opinião de todos, o nosso casamento era certo, mais que certo; a viúva não esperava senão que eu concluísse os estudos. Um desses amigos, quando eu voltei graduado, deu-me os parabéns, acentuando a sua convicção com esta frase definitiva:

— O teu casamento é um dogma.

E, rindo, perguntou-me se por conta do dogma, poderia arranjar-lhe cinquenta mil-réis; era para uma urgente precisão. Não tinha comigo os cinquenta mil-réis; mas o *dogma* repercutia ainda tão docemente no meu coração, que não descansei em todo esse dia, até arranjar-lhos; fui levá-los eu mesmo, entusiasmado; ele recebeu-os cheio de gratidão. Seis meses depois foi ele quem casou com a viúva.

Não digo tudo o que então padeci; digo só que o meu primeiro impulso foi dar um tiro em ambos; e, mentalmente, cheguei a fazê-lo; cheguei a vê-los, moribundos, arquejantes, pedirem-me perdão. Vingança hipotética; na realidade, não fiz nada. Eles casaram-se, e foram ver do alto da Tijuca a ascensão da lua de mel. Eu fiquei relendo as cartas da viúva. "Deus, que me ouve (dizia uma delas), sabe que o meu amor é eterno, e que eu sou tua, eternamente tua..." E, no meu atordoamento, blasfemava comigo: — Deus é um grande invejoso; não quer outra eternidade ao pé dele, e por isso desmentiu a viúva: — nem outro dogma além do católico, e por isso desmentiu o meu amigo. Era assim que eu explicava a perda da namorada e dos cinquenta mil-réis.

Deixei a capital, e fui advogar na roça, mas por pouco tempo. O caiporismo foi comigo, na garupa do burro, e onde eu me apeei, apeou-se ele também. Vi-lhe o dedo em tudo, nas demandas que não vinham, nas que vinham e valiam pouco ou nada, e nas que, valendo alguma cousa, eram invariavelmente perdidas. Além de que os constituintes vencedores são em geral mais gratos que os outros, a sucessão de derrotas foi arredando de mim os demandistas. No fim de algum tempo, ano e meio, voltei à corte, e estabeleci-me com um antigo companheiro de ano: o Gonçalves.

Este Gonçalves era o espírito menos jurídico, menos apto para entestar com as questões de direito. Verdadeiramente era um pulha. Comparemos a vida mental a uma casa elegante; o Gonçalves não aturava dez minutos a conversa do salão, esgueirava-se, descia à copa e ia palestrar com os criados. Mas compensava essa qualidade inferior com certa lucidez, com a presteza de compreensão, nos assuntos menos árduos ou menos complexos, com a facilidade de expor, e, o que não era pouco para um pobre-diabo batido da fortuna, com uma alegria quase sem intermitências. Nos primeiros tempos, como as demandas não vinham, matávamos as horas com excelente palestra, animada e viva, em que a melhor parte era dele, ou falássemos de política, ou de mulheres, assunto que lhe era muito particular.

Mas as demandas vieram vindo; entre elas uma questão de hipoteca. Tratava-se da casa de um empregado da alfândega, Temístocles de Sá Botelho, que não tinha outros bens, e queria salvar a propriedade. Tomei conta do negócio. O Temístocles ficou encantado comigo: e, duas semanas depois, como eu lhe dissesse que não era casado, declarou-me rindo que não queria nada com solteirões. Disse-me outras cousas e convidou-me a jantar no domingo próximo. Fui; namorei-me da filha dele, D. Rufina, moça de dezenove anos, bem bonita, embora um pouco acanhada e meia morta. Talvez seja a educação, pensei eu. Casamo-nos poucos meses depois. Não convidei o caiporismo, é claro; mas na igreja, entre as barbas rapadas e as suíças lustrosas, pareceu-me ver o carão sardônico e o olhar oblíquo do meu cruel adversário. Foi por isso que, no ato mesmo de proferir a fórmula sagrada e definitiva do casamento, estremeci, hesitei, e, enfim, balbuciei a medo o que o padre me ditava...

Estava casado. Rufina não dispunha, é verdade, de certas qualidades brilhantes e elegantes; não seria, por exemplo, e desde logo, uma dona de salão. Tinha, porém, as qualidades caseiras, e eu não queria outras. A vida obscura bastava-me; e, contanto que ela ma enchesse, tudo iria bem. Mas esse era justamente o agro da empresa. Rufina (permitam-me esta figuração cromática) não tinha a alma negra de *lady* Macbeth, nem a vermelha de Cleópatra, nem a azul de Julieta, nem a alva de Beatriz, mas cinzenta e apagada como a multidão dos seres humanos. Era boa por apatia, fiel sem virtude, amiga sem ternura nem eleição. Um anjo a levaria ao céu, um diabo ao inferno, sem esforço em ambos os casos, e sem que, no primeiro lhe coubesse a ela nenhuma glória, nem o menor desdouro no segundo. Era a passividade do sonâmbulo. Não tinha vaidades. O pai armou-me o casamento para ter um genro doutor; ela, não; aceitou-me como aceitaria um sacristão, um magistrado, um general, um empregado público, um alferes, e não por impaciência de casar, mas por obediência à família, e, até certo ponto, para fazer como as outras. Usavam-se maridos; ela queria usar também o seu. Nada mais antipático à minha própria natureza; mas estava casado.

Felizmente — ah! um felizmente neste último capítulo de um caipora, é, na verdade, uma anomalia; mas vão lendo, e verão que o advérbio pertence ao estilo, não à vida; é um modo de transição e nada mais. O que vou dizer não altera o que está dito. Vou dizer que as qualidades domésticas de Rufina davam-lhe muito mérito. Era modesta; não amava bailes, nem passeios, nem janelas. Vivia consigo. Não mourejava em casa, nem era preciso; para dar-lhe tudo, trabalhava eu, e os vestidos e chapéus, tudo vinha "das francesas", como então se dizia, em vez de modistas. Rufina, no intervalo das ordens que dava, sentava-se horas e horas, bocejando o espírito, matando o tempo, uma hidra de cem cabeças, que não morria nunca; mas, repito, com todas essas lacunas, era boa dona de casa. Pela minha parte, estava no papel das rãs que queriam um rei;[6] a diferença é

---

6. Referência à fábula "As rãs que queriam um rei", que aparece em Esopo (séculos VII-VI a.C.), em Fedro (séculos I a.C.-I d.C.) e em La Fontaine (1621-95). [IL]

que, mandando-me Júpiter um cepo, não lhe pedi outro, porque viria a cobra e engolia-me. Viva o cepo! disse comigo. Nem conto estas cousas, senão para mostrar a lógica e a constância do meu destino.

Outro *felizmente*; e este não é só uma transição de frase. No fim de ano e meio, abotoou no horizonte uma esperança, e, a calcular pela comoção que me deu a notícia, uma esperança suprema e única. Era o desejado que chegava. Que desejado? um filho. A minha vida mudou logo. Tudo me sorria como um dia de noivado. Preparei-lhe um recebimento régio; comprei-lhe um rico berço, que me custou bastante; era de ébano e marfim, obra acabada; depois, pouco a pouco, fui comprando o enxoval; mandei-lhe coser as mais finas cambraias, as mais quentes flanelas, uma linda touca de renda, comprei-lhe um carrinho, e esperei, esperei, pronto a bailar diante dele, como Davi diante da arca... Ai, caipora! a arca entrou vazia em Jerusalém; o pequeno nasceu morto.

Quem me consolou no malogro foi o Gonçalves, que devia ser padrinho do pequeno, e era amigo, comensal e confidente nosso. Tem paciência, disse-me; serei padrinho do que vier. E confortava-me, falava-me de outras cousas, com ternura de amigo. O tempo fez o resto. O próprio Gonçalves advertiu-me depois que, se o pequeno tinha de ser caipora, como eu dizia que era, melhor foi que nascesse morto.

— E pensas que não? redargui.

Gonçalves sorriu; ele não acreditava no meu caiporismo. Verdade é que não tinha tempo de acreditar em nada; todo era pouco para ser alegre. Afinal, começara a converter-se à advocacia, já arrazoava autos, já minutava petições, já ia às audiências, tudo porque era preciso viver, dizia ele. E alegre sempre. Minha mulher achava-lhe muita graça, ria longamente dos ditos dele, e das anedotas, que às vezes eram picantes demais. Eu, a princípio, repreendia-o em particular, mas acostumei-me a elas. E depois, quem é que não perdoa as facilidades de um amigo, e de um amigo jovial? Devo dizer que ele mesmo se foi refreando, e dali a algum tempo, comecei a achar-lhe muita seriedade. Estás namorado, disse-lhe um dia; e ele, empalidecendo, respondeu que sim, e acrescentou sorrindo, embora frouxamente, que era indispensável casar também. Eu, à mesa, falei do assunto.

— Rufina, você sabe que o Gonçalves vai casar?

— É caçoada dele, interrompeu vivamente o Gonçalves.

Dei ao diabo a minha indiscrição, e não falei mais nisso; nem ele. Cinco meses depois... A transição é rápida; mas não há meio de a fazer longa. Cinco meses depois, adoeceu Rufina, gravemente, e não resistiu oito dias; morreu de uma febre perniciosa.

Cousa singular: — em vida, a nossa divergência moral trazia a frouxidão dos vínculos, que se sustinham principalmente da necessidade e do costume. A morte, com o seu grande poder espiritual, mudou tudo; Rufina apareceu-me como a esposa que desce do Líbano, e a divergência foi substituída pela total fusão dos seres. Peguei da imagem, que enchia a minha alma, e enchi com ela a vida, onde outrora ocupara tão pouco espaço e por tão pouco tempo. Era um desafio à má estrela; era levantar o edifício da fortuna em pura rocha indestrutível. Compreendam-me bem; tudo o que até então dependia do mundo exterior, era naturalmente precário: as telhas caíam com o abalo das redes, as sobrepelizes recusavam-se aos sacristães, os juramentos das viúvas fugiam com os dogmas dos amigos, as demandas vinham trôpegas ou iam-se de mergulho; enfim, as crianças nasciam mortas. Mas a imagem de uma defunta era imortal. Com ela podia desafiar o olhar oblíquo do mau destino. A felicidade estava nas minhas mãos, presa, vibrando no ar as grandes asas de condor, ao passo que o caiporismo, semelhante a uma coruja, batia as suas na direção da noite e do silêncio...

Um dia, porém, convalescendo de uma febre, deu-me na cabeça inventariar uns objetos da finada e comecei por uma caixinha, que não fora aberta, desde que ela morreu, cinco meses antes. Achei uma multidão de cousas minúsculas, agulhas, linhas, entremeios, um dedal, uma tesoura, uma oração de S. Cipriano, um rol de roupa, outras quinquilharias, e um maço de cartas, atado por uma fita azul. Deslacei a fita e abri as cartas: eram do Gonçalves... Meio-dia! Urge acabar; o moleque pode vir, e adeus.[7] Ninguém imagina como o tempo

---

7. Previamente o narrador se referira a este "moleque" como "o rapaz que me serve". Daqui em diante os contos apresentam a figura dos afrodescendentes em várias funções e gradações com uma preferência para os termos "preta" e "preto", este nomeadamente José ou, em mais de uma ocasião, João, e escravo de um padre no conto "A segunda vida". Há ainda aquela "forra", criada de Marocas em "Singular ocorrência", e também as amas de leite nos contos "Uma senhora" e "A segunda vida". As mucamas se fazem presentes e, inclusive, sua "nhanhã" obedece a uma delas, em "A senhora do Galvão". Vale ressaltar ainda a menção neste volume à "lei de 28 de setembro de 1871", conhecida como Lei do Ventre Livre, em "Fulano", e o protagonismo da "caboclinha" Genoveva e do marinheiro Deolindo com sua "venta grande", em "Noite de almirante". [PD]

corre nas circunstâncias em que estou; os minutos voam como se fossem impérios, e, o que é importante nesta ocasião, as folhas de papel vão com eles.

Não conto os bilhetes brancos, os negócios abortados, as relações interrompidas; menos ainda outros acintes ínfimos da fortuna. Cansado e aborrecido, entendi que não podia achar a felicidade em parte nenhuma; fui além: acreditei que ela não existia na terra, e preparei-me desde ontem para o grande mergulho na eternidade. Hoje, almocei, fumei um charuto, e debrucei-me à janela. No fim de dez minutos, vi passar um homem bem trajado, fitando a miúdo os pés. Conhecia-o de vista; era uma vítima de grandes reveses, mas ia risonho, e contemplava os pés, digo mal, os sapatos. Estes eram novos, de verniz, muito bem-talhados, e provavelmente cosidos a primor. Ele levantava os olhos para as janelas, para as pessoas, mas tornava-os aos sapatos, como por uma lei de atração, anterior e superior à vontade. Ia alegre; via-se-lhe no rosto a expressão da bem-aventurança. Evidentemente era feliz; e, talvez, não tivesse almoçado; talvez mesmo não levasse um vintém no bolso. Mas ia feliz, e contemplava as botas.

A felicidade será um par de botas? Esse homem, tão esbofeteado pela vida, achou finalmente um riso da fortuna. Nada vale nada. Nenhuma preocupação deste século, nenhum problema social ou moral, nem as alegrias da geração que começa, nem as tristezas da que termina, miséria ou guerra de classes, crises da arte e da política, nada vale, para ele, um par de botas. Ele fita-as, ele respira-as, ele reluz com elas, ele calca com elas o chão de um globo que lhe pertence. Daí o orgulho das atitudes, a rigidez dos passos, e um certo ar de tranquilidade olímpica... Sim, a felicidade é um par de botas.

Não é outra a explicação do meu testamento. Os superficiais dirão que estou doudo, que o delírio do suicida define a cláusula do testador; mas eu falo para os sapientes e para os malfadados. Nem colhe a objeção de que era melhor gastar comigo as botas, que lego aos outros; não, porque seria único. Distribuindo-as, faço um certo número de venturosos. Eia, caiporas! que a minha última vontade seja cumprida. Boa noite, e calçai-vos!

Cantiga de esponsais

Imagine a leitora que está em 1813, na igreja do Carmo, ouvindo uma daquelas boas festas antigas, que eram todo o recreio público e toda a arte musical. Sabem o que é uma missa cantada; podem imaginar o que seria uma missa cantada daqueles anos remotos. Não lhe chamo a atenção para os padres e os sacristães, nem para o sermão, nem para os olhos das moças cariocas, que já eram bonitos nesse tempo, nem para as mantilhas das senhoras graves, os calções, as cabeleiras, as sanefas, as luzes, os incensos, nada. Não falo sequer da orquestra, que é excelente; limito-me a mostrar-lhes uma cabeça branca, a cabeça desse velho que rege a orquestra, com alma e devoção.

Chama-se Romão Pires; terá sessenta anos, não menos, nasceu no Valongo, ou por esses lados. É bom músico e bom homem; todos os músicos gostam dele. Mestre Romão é o nome familiar; e dizer familiar e público era a mesma cousa em tal matéria e naquele tempo. "Quem rege a missa é mestre Romão", — equivalia a esta outra forma de anúncio, anos depois: "Entra em cena o ator João Caetano"; — ou então: "O ator Martinho cantará uma de suas melhores árias". Era o tempero certo, o chamariz delicado e popular. Mestre Romão rege a festa! Quem não conhecia mestre Romão, com o seu ar circunspecto, olhos no chão, riso triste, e passo demorado? Tudo isso desaparecia à frente da orquestra; então a vida derramava-se por todo o corpo e todos os gestos do mestre; o olhar acendia-se, o riso iluminava-se: era outro. Não que a missa fosse dele; esta, por exemplo, que ele rege agora no Carmo é de José Maurício; mas ele rege-a com o mesmo amor que empregaria, se a missa fosse sua.

Acabou a festa; é como se acabasse um clarão intenso, e deixasse o rosto apenas alumiado da luz ordinária. Ei-lo que desce do coro, apoiado na bengala; vai à sacristia beijar a mão aos padres e aceita um lugar à mesa do jantar. Tudo isso indiferente e calado. Jantou, saiu, caminhou para a rua da Mãe dos Homens, onde reside, com um preto velho, pai José, que é a sua verdadeira mãe, e que neste momento conversa com uma vizinha.

— Mestre Romão lá vem, pai José, disse a vizinha.

— Eh! eh! adeus, sinhá, até logo.

Pai José deu um salto, entrou em casa, e esperou o senhor, que daí a pouco entrava com o mesmo ar do costume. A casa não era rica naturalmente; nem alegre. Não tinha o menor vestígio de mulher, velha ou moça, nem passarinhos que cantassem, nem flores, nem cores vivas ou jucundas. Casa sombria e nua. O mais alegre era um cravo, onde o mestre Romão tocava algumas vezes, estudando. Sobre uma cadeira, ao pé, alguns papéis de música; nenhuma dele...

Ah! se mestre Romão pudesse seria um grande compositor. Parece que há duas sortes de vocação, as que têm língua e as que a não têm. As primeiras realizam-se; as últimas representam uma luta constante e estéril entre o impulso interior e a ausência de um modo de comunicação com os homens. Romão era destas. Tinha a vocação íntima da música; trazia dentro de si muitas óperas e missas, um mundo de harmonias novas e originais, que não alcançava exprimir e pôr no papel. Esta era a causa única da tristeza de mestre Romão. Naturalmente o vulgo não atinava com ela; uns diziam isto, outros aquilo: doença, falta de dinheiro, algum desgosto antigo; mas a verdade é esta: — a causa da melancolia de mestre Romão era não poder compor, não possuir o meio de traduzir o que sentia. Não é que não rabiscasse muito papel e não interrogasse o cravo, durante horas; mas tudo lhe saía informe, sem ideia nem harmonia. Nos últimos tempos tinha até vergonha da vizinhança, e não tentava mais nada.

E, entretanto, se pudesse, acabaria ao menos uma certa peça, um canto esponsalício, começado três dias depois de casado, em 1779. A mulher, que tinha então vinte e um anos, e morreu com vinte e três, não era muito bonita, nem pouco, mas extremamente simpática, e amava-o tanto como ele a ela. Três dias depois de casado, mestre Romão sentiu em si alguma cousa parecida com inspiração. Ideou então o canto esponsalício, e quis compô-lo; mas a inspiração não pôde sair. Como um pássaro que acaba de ser preso, e forceja por transpor as paredes da gaiola, abaixo, acima, impaciente, aterrado, assim batia a inspiração do nosso músico, encerrada nele sem poder sair, sem achar uma porta, nada. Algumas notas chegaram a ligar-se; ele escreveu-as; obra de uma folha de papel, não mais. Teimou no dia seguinte, dez dias depois, vinte vezes durante o tempo de casado. Quando a mulher morreu, ele releu essas primeiras notas conjugais, e ficou ainda mais triste, por não ter podido fixar no papel a sensação da felicidade extinta.

— Pai José, disse ele ao entrar, sinto-me hoje adoentado.

— Sinhô comeu alguma cousa que fez mal...

— Não; já de manhã não estava bom. Vai à botica...

O boticário mandou alguma cousa, que ele tomou à noite; no dia seguinte mestre Romão não se sentia melhor. É preciso dizer que ele padecia do coração: — moléstia grave e crônica. Pai José ficou aterrado, quando viu que o incômodo não cedera ao remédio, nem ao repouso, e quis chamar o médico.

— Para quê? disse o mestre. Isto passa.

O dia não acabou pior; e a noite suportou-a ele bem, não assim o preto, que mal pôde dormir duas horas. A vizinhança, apenas soube do incômodo, não quis outro motivo de palestra; os que entretinham relações com o mestre foram visitá-lo. E diziam-lhe que não era nada, que eram macacoas do tempo; um acrescentava graciosamente que era manha, para fugir aos capotes que o boticário lhe dava no gamão, — outro que eram amores. Mestre Romão sorria, mas consigo mesmo dizia que era o final.

— Está acabado, pensava ele.

Um dia de manhã, cinco depois da festa, o médico achou-o realmente mal; e foi isso o que ele lhe viu na fisionomia por trás das palavras enganadoras: — Isto não é nada; é preciso não pensar em músicas...

Em músicas! justamente esta palavra do médico deu ao mestre um pensamento. Logo que ficou só, com o escravo, abriu a gaveta onde guardava desde 1779 o canto esponsalício começado. Releu essas notas arrancadas a custo, e não concluídas. E então teve uma ideia singular: — rematar a obra agora, fosse como fosse; qualquer cousa servia, uma vez que deixasse um pouco de alma na terra.

— Quem sabe? Em 1880, talvez se toque isto, e se conte que um mestre Romão...

O princípio do canto rematava em um certo *lá*; este *lá*, que lhe caía bem no lugar, era a nota derradeiramente escrita. Mestre Romão ordenou que lhe levassem o cravo para a sala do fundo, que dava para o quintal: era-lhe preciso ar. Pela janela viu na janela dos fundos de outra casa dous casadinhos de oito dias, debruçados, com os braços por cima dos ombros, e duas mãos presas. Mestre Romão sorriu com tristeza.

— Aqueles chegam, disse ele, eu saio. Comporei ao menos este canto que eles poderão tocar...

Sentou-se ao cravo; reproduziu as notas e chegou ao *lá*...

— *Lá, lá, lá...*

Nada, não passava adiante. E contudo, ele sabia música como gente.

— *Lá, dó... lá, mi... lá, si, dó, ré... ré... ré...*

Impossível! nenhuma inspiração. Não exigia uma peça profundamente original, mas enfim alguma cousa, que não fosse de outro e se ligasse ao pensamento começado. Voltava ao princípio, repetia as notas, buscava reaver um retalho da sensação extinta, lembrava-se da mulher, dos primeiros tempos. Para completar a ilusão, deitava os olhos pela janela para o lado dos casadinhos. Estes continuavam ali, com as mãos presas e os braços passados nos ombros um do outro; a diferença é que se miravam agora, em vez de olhar para baixo. Mestre Romão, ofegante da moléstia e de impaciência, tornava ao cravo; mas a vista do casal não lhe supriria a inspiração, e as notas seguintes não soavam.

— *Lá... lá... lá...*

Desesperado, deixou o cravo, pegou do papel escrito e rasgou-o. Nesse momento, a moça embebida no olhar do marido, começou a cantarolar à toa, inconscientemente, uma cousa nunca antes cantada nem sabida, na qual cousa um certo *lá* trazia após si uma linda frase musical, justamente a que mestre Romão procurara durante anos sem achar nunca. O mestre ouviu-a com tristeza, abanou a cabeça, e à noite expirou.

Singular ocorrência

****

— Há ocorrências bem singulares. Está vendo aquela dama que vai entrando na igreja da Cruz? Parou agora no adro para dar uma esmola.

— De preto?

— Justamente; lá vai entrando; entrou.

— Não ponha mais na carta. Esse olhar está dizendo que a dama é uma sua recordação de outro tempo, e não há de ser de muito tempo, a julgar pelo corpo: é moça de truz.

— Deve ter quarenta e seis anos.

— Ah! conservada. Vamos lá; deixe de olhar para o chão, e conte-me tudo. Está viúva, naturalmente?

— Não.

— Bem; o marido ainda vive. É velho?

— Não é casada.

— Solteira?

— Assim, assim. Deve chamar-se hoje D. Maria de tal. Em 1860 florescia com o nome familiar de Marocas. Não era costureira, nem proprietária, nem mestra de meninas; vá excluindo as profissões e lá chegará. Morava na rua do Sacramento. Já então era esbelta, e, seguramente, mais linda do que hoje; modos sérios, linguagem limpa. Na rua, com o vestido afogado, escorrido, sem espavento, arrastava a muitos, ainda assim.

— Por exemplo, ao senhor.

— Não, mas ao Andrade, um amigo meu, de vinte e seis anos, meio advogado, meio político, nascido nas Alagoas, e casado na Bahia, donde viera em 1859.

Era bonita a mulher dele, afetuosa, meiga e resignada; quando os conheci, tinham uma filhinha de dois anos.

— Apesar disso, a Marocas...?

— É verdade, dominou-o. Olhe, se não tem pressa, conto-lhe uma cousa interessante.

— Diga.

— A primeira vez que ele a encontrou, foi à porta da loja Paula Brito, no Rossio. Estava ali,^A viu a distância uma mulher bonita, e esperou, já alvoroçado, porque ele tinha em alto grau a paixão das mulheres. Marocas vinha andando, parando e olhando como quem procura alguma casa. Defronte da loja deteve-se um instante; depois, envergonhada e a medo, estendeu um pedacinho de papel ao Andrade, e perguntou-lhe onde ficava o número ali escrito, Andrade disse-lhe que do outro lado do Rossio, e ensinou-lhe a altura provável da casa. Ela cortejou com muita graça; ele ficou sem saber o que pensasse da pergunta.

— Como eu estou.

— Nada mais simples: Marocas não sabia ler. Ele não chegou a suspeitá-lo. Viu-a atravessar o Rossio, que ainda não tinha estátua nem jardim, e ir à casa que buscava, ainda assim perguntando em outras. De noite foi ao Ginásio;[8] dava-se a *Dama das Camélias*; Marocas estava lá, e, no último ato, chorou como uma criança. Não lhe digo nada; no fim de quinze dias amavam-se loucamente. Marocas despediu todos os seus namorados, e creio que não perdeu pouco; tinha alguns capitalistas

---

8. O Ginásio Dramático foi um teatro importante para a renovação da cena teatral brasileira na década de 1850, em contraste com o velho repertório romântico e neoclássico do Teatro S. Pedro de Alcântara, sob a direção de João Caetano. [HG]

bem bons. Ficou só, sozinha, vivendo para o Andrade, não querendo outra afeição, não cogitando de nenhum outro interesse.

— Como a dama das Camélias.

— Justo. Andrade ensinou-lhe a ler. Estou mestre-escola, disse-me ele um dia; e foi então que me contou a anedota do Rossio. Marocas aprendeu depressa. Compreende-se; o vexame de não saber, o desejo de conhecer os romances em que ele lhe falava, e finalmente o gosto de obedecer a um desejo dele, de lhe ser agradável... Não me encobriu nada; contou-me tudo com um riso de gratidão nos olhos, que o senhor não imagina. Eu tinha a confiança de ambos. Jantávamos às vezes os três juntos; e... não sei por que negá-lo, — algumas vezes os quatro. Não cuide que eram jantares de gente pândega; alegres, mas honestos. Marocas gostava da linguagem afogada, como os vestidos. Pouco a pouco estabeleceu-se intimidade entre nós; ela interrogava-me acerca da vida do Andrade, da mulher, da filha, dos hábitos dele, se gostava deveras dela, ou se era um capricho, se tivera outros, se era capaz de a esquecer, uma chuva de perguntas, e um receio de o perder, que mostravam a força e a sinceridade da afeição... Um dia, uma festa de S. João, o Andrade acompanhou a família à Gávea, onde ia assistir a um jantar e um baile; dous dias de ausência. Eu fui com eles. Marocas, ao despedir-se, recordou a comédia que ouvira algumas semanas antes no Ginásio — *Janto com minha mãe* — e disse-me que, não tendo família para passar a festa de S. João, ia fazer como a Sofia Arnoult da comédia, ia jantar com um retrato; mas não seria o da mãe, porque não tinha, e sim do Andrade. Este dito ia-lhe rendendo um beijo; o Andrade chegou a inclinar-se; ela, porém, vendo que eu estava ali, afastou-o delicadamente com a mão.

— Gosto desse gesto.

— Ele não gostou menos. Pegou-lhe na cabeça com ambas as mãos, e, paternalmente, pingou-lhe o beijo na testa. Seguimos para a Gávea. De caminho disse-me a respeito da Marocas as maiores finezas, contou-me as últimas frioleiras de ambos, falou-me do projeto que tinha de comprar-lhe uma casa em algum arrabalde, logo que pudesse dispor de dinheiro; e, de passagem, elogiou a modéstia da moça, que não queria receber dele mais do que o estritamente necessário. Há mais do que isso, disse-lhe eu; e contei-lhe uma cousa que sabia, isto é, que cerca de três semanas antes, a Marocas empenhara algumas joias para pagar uma conta da costureira. Esta notícia abalou-o muito; não juro, mas creio que ficou com os olhos molhados. Em todo caso, depois de cogitar algum tempo, disse-me que definitivamente ia arranjar-lhe uma casa e pô-la ao abrigo da miséria. Na Gávea ainda falamos da Marocas, até que as festas acabaram, e nós voltamos. O Andrade deixou a família em casa, na Lapa, e foi ao escritório aviar alguns papéis urgentes. Pouco depois do meio-dia apareceu-lhe um tal Leandro ex-agente de certo advogado a pedir-lhe, como de costume, dois ou três mil-réis. Era um sujeito reles e vadio. Vivia a explorar os amigos do antigo patrão. Andrade deu-lhe três mil-réis, e, como o visse excepcionalmente risonho, perguntou-lhe se tinha visto passarinho verde. O Leandro piscou os olhos e lambeu os beiços: o Andrade, que dava o cavaco por anedotas eróticas, perguntou-lhe se eram amores. Ele mastigou um pouco, e confessou que sim.

— Olhe; lá vem ela saindo: não é ela?

— Ela mesma; afastemo-nos da esquina.

— Realmente, deve ter sido muito bonita. Tem um ar de duquesa.

— Não olhou para cá; não olha nunca para os lados. Vai subir pela rua do Ouvidor...

— Sim, senhor. Compreendo o Andrade.

— Vamos ao caso. O Leandro confessou que tivera na véspera uma fortuna rara, ou antes única, uma cousa que ele nunca esperara achar, nem merecia mesmo, porque se conhecia e não passava de um pobre-diabo. Mas, enfim, os pobres também são filhos de Deus. Foi o caso que, na véspera, perto das dez horas da noite, encontrara no Rossio uma dama vestida com simplicidade, vistosa de corpo, e muito embrulhada num xale grande. A dama vinha atrás dele, e mais depressa; ao passar rentezinha com ele, fitou-lhe muito os olhos, e foi andando devagar, como quem espera. O pobre-diabo imaginou que era engano de pessoa; confessou ao Andrade que, apesar da roupa simples, viu logo que não era cousa para os seus beiços. Foi andando; a mulher, parada, fitou-o outra vez, mas com tal instância, que ele chegou a atrever-se um pouco; ela atreveu-se o resto... Ah! um anjo! E que casa, que sala rica! Cousa papa-fina. E depois o desinteresse... "Olhe, acrescentou ele, para V. Sa. é que era um bom arranjo." Andrade abanou a cabeça; não lhe cheirava o comborço. Mas o Leandro teimou; era na rua do Sacramento, número tantos...

— Não me diga isso!

— Imagine como não ficou o Andrade. Ele mesmo não soube o que fez nem o que disse durante os primeiros minutos, nem o que pensou nem o que sentiu. Afinal teve força para perguntar se era verdade o que estava contando; mas o outro advertiu que não tinha nenhuma necessidade de inventar semelhante cousa; vendo, porém, o alvoroço do Andrade, pediu-lhe segredo, dizendo que ele, pela sua parte, era discreto. Parece que ia sair; Andrade deteve-o, e propôs-lhe um negócio; propôs-lhe ganhar vinte mil-réis. — "Pronto!" — "Dou-lhe vinte mil-réis, se você for comigo à casa dessa moça e disser em presença dela que é ela mesma."

— Oh!

— Não defendo o Andrade; a cousa não era bonita; mas a paixão, nesse caso, cega os melhores homens. Andrade era digno, generoso, sincero; mas o golpe fora tão profundo, e ele amava-a tanto, que não recuou diante de uma tal vingança.

— O outro aceitou?

— Hesitou um pouco, estou que por medo, não por dignidade; mas vinte mil-réis... Pôs uma condição: não metê-lo em barulhos... Marocas estava na sala, quando o Andrade entrou. Caminhou para a porta, na intenção de o abraçar; mas o Andrade advertiu-a, com o gesto, que trazia alguém. Depois, fitando-a muito, fez entrar o Leandro; Marocas empalideceu. — "É esta senhora?" perguntou ele. — "Sim, senhor", murmurou o Leandro com voz sumida, porque há ações ainda mais ignóbeis do que o próprio homem que as comete. Andrade abriu a carteira com grande afetação, tirou uma nota de vinte mil-réis e deu-lha; e, com a mesma afetação, ordenou-lhe que se retirasse. O Leandro saiu. A cena que se seguiu, foi breve, mas dramática. Não a soube inteiramente, porque o próprio Andrade é que me contou tudo, e, naturalmente, estava tão atordoado, que muita cousa lhe escapou. Ela não confessou nada; mas estava fora de si, e, quando ele, depois de lhe dizer as cousas mais duras do mundo, atirou-se para a porta, ela rojou-se-lhe aos pés, agarrou-lhe as mãos, lacrimosa, desesperada, ameaçando matar-se; e ficou atirada ao chão, no patamar da escada; ele desceu vertiginosamente e saiu.

— Na verdade, um sujeito reles, apanhado na rua; provavelmente eram hábitos dela?

— Não.

— Não?

— Ouça o resto. De noite seriam oito horas, o Andrade veio à minha casa, e esperou por mim. Já me tinha procurado três vezes. Fiquei estupefato; mas como duvidar, se ele tivera a precaução de levar a prova até à evidência? Não lhe conto o que ouvi, os planos de vingança, as exclamações, os nomes que lhe chamou, todo o estilo e todo o repertório dessas crises. Meu conselho foi que a deixasse; que, afinal, vivesse para a mulher e a filha, a mulher tão boa, tão meiga... Ele concordava, mas tornava ao furor. Do furor passou à dúvida; chegou a imaginar que a Marocas, com o fim de o experimentar, inventara o artifício e pagara ao Leandro para vir dizer-lhe aquilo; e a prova é que o Leandro, não querendo ele saber quem era, teimou e lhe disse a casa e o número. E agarrado a esta inverossimilhança, tentava fugir à realidade; mas a realidade vinha — a palidez de Marocas, a alegria sincera do Leandro, tudo o que lhe dizia que a aventura era certa. Creio até que ele arrependia-se de ter ido tão longe.

Quanto a mim, cogitava na aventura, sem atinar com a explicação. Tão modesta! maneiras tão acanhadas!

— Há uma frase de teatro que pode explicar a aventura, uma frase de Augier, creio eu: "a nostalgia da lama".

— Acho que não; mas vá ouvindo. Às dez horas apareceu-nos em casa uma criada de Marocas, uma preta forra, muito amiga da ama. Andava aflita em procura do Andrade, porque a Marocas, depois de chorar muito, trancada no quarto, saiu de casa sem jantar, e não voltara mais. Contive o Andrade, cujo primeiro gesto foi para sair logo. A preta pedia-nos por tudo, que fôssemos descobrir a ama. "Não é costume dela sair?" perguntou o Andrade com sarcasmo. Mas a preta disse que não era costume. "Está ouvindo?" bradou ele para mim. Era a esperança que de novo empolgara o coração do pobre-diabo. "E ontem?..." disse eu. A preta respondeu que na véspera sim; mas não lhe perguntei mais nada, tive compaixão do Andrade, cuja aflição crescia, e cujo pundonor ia cedendo diante do perigo. Saímos em busca da Marocas; fomos a todas as casas em que era possível encontrá-la; fomos à polícia; mas a noite passou-se sem outro resultado. De manhã voltamos à polícia. O chefe ou um dos delegados, não me lembra, era amigo do Andrade, que lhe contou da aventura a parte conveniente; aliás a ligação do Andrade e da Marocas era conhecida de todos os seus amigos. Pesquisou-se tudo; nenhum desastre se dera durante a noite; as barcas da Praia Grande não viram cair ao mar nenhum passageiro; as casas de armas não venderam nenhuma; as boticas nenhum veneno. A polícia pôs em campo todos os seus recursos, e nada. Não lhe digo o estado de aflição em que o pobre Andrade viveu durante essas longas horas, porque todo o dia se passou em pesquisas inúteis. Não era só a dor de a perder; era também o remorso, a dúvida, ao menos, da consciência, em presença de um possível desastre, que parecia justificar a moça. Ele perguntava-me, a cada passo,^ se não era natural fazer o que fez, no delírio da indignação, se eu não faria a mesma cousa. Mas depois tornava a afirmar a aventura, e provava-me que era verdadeira, com o mesmo ardor com que na véspera tentara provar que era falsa; o que ele queria era acomodar a realidade ao sentimento da ocasião.

— Mas, enfim, descobriram a Marocas?

— Estávamos comendo alguma cousa, em um hotel, eram perto de oito horas, quando recebemos notícia de um vestígio: — um cocheiro que levara na véspera uma senhora para o Jardim Botânico, onde ela entrou em uma hospedaria, e ficou. Nem acabamos o jantar; fomos no mesmo carro ao Jardim Botânico. O dono da hospedaria confirmou a versão; acrescentando que a pessoa se recolhera a um quarto, não comera nada desde que chegou na véspera; apenas pediu uma xícara de café; parecia profundamente abatida. Encaminhamo-nos para o quarto; o dono da hospedaria bateu à porta; ela respondeu com voz fraca, e abriu. O Andrade nem me deu tempo de preparar nada; empurrou-me, e caíram nos braços um do outro. Marocas chorou muito e perdeu os sentidos.

— Tudo se explicou?

— Cousa nenhuma. Nenhum deles tornou ao assunto; livres de um naufrágio, não quiseram saber nada da tempestade que os meteu a pique. A reconciliação fez-se depressa. O Andrade comprou-lhe, meses depois, uma casinha em Catumbi; a Marocas deu-lhe um filho, que morreu de dois anos. Quando ele seguiu para o Norte, em comissão do governo, a afeição era ainda a mesma, posto que os primeiros ardores não tivessem já a mesma intensidade. Não obstante, ela quis ir também; fui eu que a obriguei a ficar. O Andrade contava tornar ao fim de pouco tempo, mas, como lhe disse, morreu na província. A Marocas sentiu profundamente a morte, pôs luto, e considerou-se viúva; sei que nos três primeiros anos, ouvia sempre uma missa no dia aniversário. Há dez anos perdi-a de vista. Que lhe parece tudo isto?

— Realmente, há ocorrências bem singulares, se o senhor não abusou da minha ingenuidade de rapaz para imaginar um romance...

— Não inventei nada; é a realidade pura.

— Pois, senhor, é curioso. No meio de uma paixão tão ardente, tão sincera... Eu ainda estou na minha; acho que foi a nostalgia da lama.

— Não: nunca a Marocas desceu até os Leandros.

— Então por que desceria naquela noite?

— Era um homem que ela supunha separado, por um abismo, de todas as suas relações pessoais; daí a confiança. Mas o acaso, que é um deus e um diabo ao mesmo tempo... Enfim, cousas!

Galeria póstuma

****

I

Não, não se descreve a consternação que produziu em todo o Engenho Velho, e particularmente no coração dos amigos, a morte de Joaquim Fidélis. Nada mais inesperado. Era robusto, tinha saúde de ferro, e ainda na véspera fora a um baile, onde todos o viram conversado e alegre. Chegou a dançar, a pedido de uma senhora sexagenária, viúva de um amigo dele, que lhe tomou do braço, e lhe disse:

— Venha cá, venha cá, vamos mostrar a estes criançolas como é que os velhos são capazes de desbancar tudo.

Joaquim Fidélis protestou sorrindo; mas obedeceu e dançou. Eram duas horas quando saiu, embrulhando os seus sessenta anos numa capa grossa, — estávamos em junho de 1879 — metendo a calva na carapuça, acendendo um charuto, e entrando lepidamente no carro.

No carro é possível que cochilasse; mas, em casa, malgrado a hora e o grande peso das pálpebras, ainda foi à secretária, abriu uma gaveta, tirou um de muitos folhetos manuscritos, — e escreveu durante três ou quatro minutos umas dez ou onze linhas. As últimas palavras eram estas: "Em suma, baile chinfrim; uma velha gaiteira obrigou-me a dançar uma quadrilha; à porta um crioulo pediu-me as festas. Chinfrim!". Guardou o folheto, despiu-se, meteu-se na cama, dormiu e morreu.

Sim, a notícia consternou a todo o bairro. Tão amado que ele era, com os modos bonitos que tinha, sabendo conversar com toda a gente, instruído com os instruídos, ignorante com os ignorantes, rapaz com os rapazes, e até moça com as moças. E depois, muito serviçal, pronto a escrever cartas, a falar a amigos, a concertar brigas, a emprestar dinheiro. Em casa dele reuniam-se à noite alguns íntimos da vizinhança, e às vezes de outros bairros; jogavam o voltarete ou o *whist*, falavam de política. Joaquim Fidélis tinha sido deputado até à dissolução da câmara pelo marquês de Olinda, em 1863. Não conseguindo ser reeleito, abandonou a vida pública. Era conservador, nome que a muito custo admitiu, por lhe parecer galicismo político. *Saquarema* é o que ele gostava de ser chamado. Mas abriu mão de tudo; parece até que nos últimos tempos desligou-se do próprio partido, e afinal da mesma opinião. Há razões para crer que, de certa data em diante, foi um profundo cético, e nada mais.

Era rico e letrado. Formara-se em direito no ano de 1842. Agora não fazia nada e lia muito. Não tinha mulheres em casa. Viúvo desde a primeira invasão da febre amarela, recusou contrair segundas núpcias, com grande mágoa de três ou quatro damas, que nutriram essa esperança durante algum tempo. Uma delas chegou a prorrogar perfidamente os seus belos cachos de 1845 até meados do segundo neto; outra, mais moça e também viúva, pensou retê-lo com algumas concessões, tão generosas quão irreparáveis. "Minha querida Leocádia, dizia ele nas ocasiões em que ela insinuava a solução conjugal, por que não continuaremos assim mesmo? O mistério é o encanto da vida." Morava com um sobrinho, o Benjamim, filho de uma irmã, órfão desde tenra idade. Joaquim Fidélis deu-lhe educação e fê-lo estudar, até obter diploma de bacharel em ciências jurídicas, no ano de 1877.

Benjamim ficou atordoado. Não podia acabar de crer na morte do tio. Correu ao quarto, achou o cadáver na cama, frio, olhos abertos, e um leve arregaço irônico ao canto esquerdo da boca. Chorou muito e muito. Não perdia um simples parente, mas um pai, um pai terno, dedicado, um coração único. Benjamim enxugou, enfim, as lágrimas; e, porque lhe fizesse mal ver os olhos abertos do morto, e principalmente o lábio arregaçado, concertou-lhe ambas as cousas. A morte recebeu assim a expressão trágica; mas a originalidade da máscara perdeu-se.

— Não me digam isto! bradava daí a pouco um dos vizinhos, Diogo Vilares, ao receber notícia do caso.

Diogo Vilares era um dos cinco principais familiares de Joaquim Fidélis. Devia-lhe o emprego que exercia desde 1857. Veio ele; vieram os outros quatro, logo depois, um a um, estupefatos, incrédulos. Primeiro chegou o Elias Xavier, que alcançara por intermédio do finado, segundo se dizia, uma comenda; depois entrou o João Brás, deputado que foi, no regime das suplências, eleito com o influxo do Joaquim Fidélis. Vieram, enfim, o Fragoso e o Galdino, que lhe não deviam diplomas, comendas nem empregos, mas outros favores. Ao Galdino adiantou ele alguns poucos capitais, e ao Fragoso arranjou-lhe um bom casamento... E morto! morto para todo sempre! De redor da cama, fitavam o rosto sereno e recordavam a última festa, a do outro domingo, tão íntima, tão expansiva! E, mais perto ainda, a noite da antevéspera, em que o voltarete do costume foi até às onze horas.

— Amanhã não venham, disse-lhes o Joaquim Fidélis; vou ao baile do Carvalhinho.

— E depois?...

— Depois de amanhã, cá estou.

E, à saída, deu-lhes ainda um maço de excelentes charutos, segundo fazia às vezes, com um acréscimo de doces secos para os pequenos, e duas ou três pilhérias finas... Tudo esvaído! tudo disperso! tudo acabado!

Ao enterro acudiram muitas pessoas gradas, dous senadores, um ex-ministro, titulares, capitalistas, advogados, comerciantes, médicos; mas as argolas do caixão foram seguras pelos cinco familiares e o Benjamim. Nenhum deles quis ceder a ninguém esse último obséquio, considerando que era um dever cordial e intransferível. O adeus do cemitério foi proferido pelo João Brás, um adeus tocante, com algum excesso de estilo para um caso tão urgente, mas, enfim, desculpável. Deitada a pá de terra, cada um se foi arredando da cova, menos os seis, que assistiram ao trabalho posterior e indiferente dos coveiros. Não arredaram pé antes de ver cheia a cova até acima, e depositadas sobre ela as coroas fúnebres.

II

A missa do sétimo dia reuniu-os na igreja. Acabada a missa, os cinco amigos acompanharam à casa o sobrinho do morto. Benjamim convidou-os a almoçar.

— Espero que os amigos do tio Joaquim serão também meus amigos, disse ele.

Entraram, almoçaram. Ao almoço falaram do morto; cada um contou uma anedota, um dito; eram unânimes no louvor e nas saudades. No fim do almoço, como tivessem pedido uma lembrança do finado, passaram ao gabinete, e escolheram à vontade, este uma caneta velha, aquele uma caixa de óculos, um folheto, um retalho qualquer íntimo. Benjamim sentia-se consolado. Comunicou-lhes que pretendia conservar o gabinete tal qual estava. Nem a secretária abrira ainda. Abriu-a então, e, com eles, inventariou o conteúdo de algumas gavetas. Cartas, papéis soltos, programas de concertos, *menus* de grandes jantares, tudo ali estava de mistura e confusão. Entre outras cousas acharam alguns cadernos manuscritos, numerados e datados.

— Um diário! disse Benjamim.

Com efeito, era um diário das impressões do finado, espécie de memórias secretas, confidências do homem a si mesmo. Grande foi a comoção dos amigos; lê-lo era ainda conversá-lo. Tão reto caráter! tão discreto espírito! Benjamim começou a leitura; mas a voz embargou-se-lhe depressa, e João Brás continuou-a.

O interesse do escrito adormeceu a dor do óbito. Era um livro digno do prelo. Muita observação política e social, muita reflexão filosófica, anedotas de homens públicos, do Feijó, do Vasconcelos, outras puramente galantes, nomes de senhoras, o da Leocádia, entre outros; um repertório de fatos e comentários. Cada um admirava o talento do finado, as graças do estilo, o interesse da matéria. Uns opinavam pela impressão tipográfica; Benjamim dizia que sim, com a condição de excluir alguma cousa, ou inconveniente ou demasiado particular. E continuavam a ler, saltando pedaços e páginas, até que bateu meio-dia. Levantaram-se todos; Diogo Vilares ia já chegar à repartição fora de horas; João Brás e Elias tinham onde estar juntos. Galdino seguia para a loja. O Fragoso precisava mudar a roupa preta, e acompanhar a mulher à rua do Ouvidor. Concordaram em nova reunião para prosseguir a leitura. Certas particularidades tinham-lhes dado uma comichão de escândalo, e as comichões coçam-se: é o que eles queriam fazer, lendo.

— Até amanhã, disseram.
— Até amanhã.

Uma vez só, Benjamim continuou a ler o manuscrito. Entre outras cousas, admirou o retrato da viúva Leocádia, obra-prima de paciência e semelhança, embora a data coincidisse com a dos amores. Era prova de uma rara isenção de espírito. De resto, o finado era exímio nos retratos. Desde 1873 ou 1874, os cadernos vinham cheios deles, uns de vivos, outros de mortos, alguns de homens públicos, Paula Sousa, Aureliano, Olinda, etc. Eram curtos e substanciais, às vezes três ou quatro rasgos firmes, com tal fidelidade e perfeição, que a figura parecia fotografada. Benjamim ia lendo; de repente deu com o Diogo Vilares. E leu estas poucas linhas:

"DIOGO VILARES — Tenho-me referido muitas vezes a este amigo, e fá-lo-ei algumas outras mais, se ele me não matar de tédio, cousa em que o reputo profissional. Pediu-me há anos que lhe arranjasse um emprego, e arranjei-lho. Não me avisou da moeda em que me pagaria. Que singular gratidão! Chegou ao excesso de compor um soneto e publicá-lo. Falava-me do obséquio a cada passo, dava-me grandes nomes; enfim, acabou. Mais tarde relacionamo-nos intimamente. Conheci-o então ainda melhor. *C'est le genre ennuyeux.*[9] Não é mau parceiro de voltarete. Dizem-me que não deve nada a ninguém. Bom pai de família. Estúpido e crédulo. Com intervalo de quatro dias, já lhe ouvi dizer de um ministério que era excelente e detestável: — diferença dos interlocutores. Ri muito e mal. Toda a gente, quando o vê pela primeira vez, começa por supô-lo um varão grave; no segundo dia dá-lhe piparotes. A razão é a figura, ou, mais particularmente, as bochechas, que lhe emprestam um certo ar superior."

A primeira sensação do Benjamim foi a do perigo evitado. Se o Diogo Vilares estivesse ali? Releu o retrato e mal podia crer; mas não havia negá-lo, era o próprio nome do Diogo Vilares, era a mesma letra do tio. E não era o único dos familiares; folheou o manuscrito e deu com o Elias:

"ELIAS XAVIER — Este Elias é um espírito subalterno, destinado a servir alguém, e a servir com desvanecimento, como os cocheiros de casa elegante. Vulgarmente trata as minhas visitas íntimas com alguma arrogância e desdém: política de lacaio ambicioso. Desde as primeiras semanas, compreendi que ele queria fazer-se meu privado; e não menos compreendi que, no dia que realmente o fosse, punha os outros no meio da rua. Há ocasiões em que me chama a um vão da janela para

---

9. "É o gênero entediante", em tradução livre do francês. Trata-se de alusão à frase do filósofo e escritor francês Voltaire no prefácio de *L'Enfant prodigue* [O filho pródigo] (1736): "*Tous les genres sont bons, hors le genre ennuyeux*" [Todos os gêneros são bons, exceto o gênero entediante]. [IL]

falar-me secretamente do sol e da chuva. O fim claro é incutir nos outros a suspeita de que há entre nós cousas particulares, e alcança isso mesmo, porque todos lhe rasgam muitas cortesias. É inteligente, risonho e fino. Conversa muito bem. Não conheço compreensão mais rápida. Não é poltrão nem maldizente. Só fala mal de alguém, por interesse; faltando-lhe interesse, cala-se; e a maledicência legítima é gratuita. Dedicado e insinuante. Não tem ideias, é verdade; mas há esta grande diferença entre ele e o Diogo Vilares: — o Diogo repete pronta e boçalmente as que ouve, ao passo que o Elias sabe fazê-las suas e plantá-las oportunamente na conversação. Um caso de 1865 caracteriza bem a astúcia deste homem. Tendo dado alguns libertos para a guerra do Paraguai, ia receber uma comenda. Não precisava de mim; mas veio pedir a minha intercessão, duas ou três vezes, com um ar consternado e súplice. Falei ao ministro, que me disse: — 'O Elias já sabe que o decreto está lavrado; falta só a assinatura do imperador'. Compreendi então que era um estratagema para poder confessar-me essa obrigação. Bom parceiro de voltarete; um pouco brigão, mas entendido."

— Ora o tio Joaquim! exclamou Benjamim levantando-se. E depois de alguns instantes, reflexionou consigo: — Estou lendo um coração, livro inédito. Conhecia a edição pública, revista e expurgada. Este é o texto primitivo e interior, a lição exata e autêntica. Mas quem imaginaria nunca... Ora o tio Joaquim!

E, tornando a sentar-se, releu também o retrato do Elias, com vagar, meditando as feições. Posto lhe faltasse observação, para avaliar a verdade do escrito, achou que em muitas partes, ao menos, o retrato era semelhante. Cotejava essas notas iconográficas, tão cruas, tão secas, com as maneiras cordiais e graciosas do tio, e sentia-se tomado de um certo terror e mal-estar. Ele, por exemplo, que teria dito dele o finado? Com esta ideia, folheou ainda o manuscrito, passou por alto algumas damas, alguns homens públicos, deu com o Fragoso, — um esboço curto e curtíssimo, — logo depois o Galdino, e quatro páginas adiante o João Brás. Justamente o primeiro levara dele uma caneta, pouco antes, talvez a mesma com que o finado o retratara. Curto era o esboço, e dizia assim:

"FRAGOSO — Honesto, maneiras açucaradas e bonito. Não me custou casá-lo; vive muito bem com a mulher. Sei que me tem uma extraordinária adoração, — quase tanta como a si mesmo. Conversação vulgar, polida e chocha."
"GALDINO MADEIRA — O melhor coração do mundo e um caráter sem mácula; mas as qualidades do espírito destroem as outras. Emprestei-lhe algum dinheiro, por motivo da família, e porque me não fazia falta. Há no cérebro dele um certo furo, por onde o espírito escorrega e cai no vácuo. Não reflete três minutos seguidos. Vive principalmente de imagens, de frases translatas. Os 'dentes da calúnia' e outras expressões, surradas como colchões de hospedaria, são os seus encantos. Mortifica-se facilmente no jogo, e, uma vez mortificado, faz timbre em perder, e em mostrar que é de propósito. Não despede os maus caixeiros. Se não tivesse guarda-livros, é duvidoso que somasse os quebrados. Um subdelegado, meu amigo, que lhe deveu algum dinheiro, durante dous anos, dizia-me com muita graça,

que o Galdino quando o via na rua, em vez de lhe pedir a dívida, pedia-lhe notícias do ministério."

"JOÃO BRÁS — Nem tolo nem bronco. Muito atencioso, embora sem maneiras. Não pode ver passar um carro de ministro; fica pálido e vira os olhos. Creio que é ambicioso; mas na idade em que está, sem carreira, a ambição vai-se-lhe convertendo em inveja. Durante os dois anos em que serviu de deputado, desempenhou honradamente o cargo: trabalhou muito, e fez alguns discursos bons, não brilhantes, mas sólidos, cheios de fatos e refletidos. A prova de que lhe ficou um resíduo de ambição, é o ardor com que anda à cata de alguns cargos honoríficos ou preeminentes; há alguns meses consentiu em ser juiz de uma irmandade de S. José, e segundo me dizem, desempenha o cargo com um zelo exemplar. Creio que é ateu, mas não afirmo. Ri pouco e discretamente. A vida é pura e severa, mas o caráter tem uma ou duas cordas fraudulentas, a que só faltou a mão do artista; nas cousas mínimas, mente com facilidade."

Benjamim, estupefato, deu enfim consigo mesmo. — "Este meu sobrinho, dizia o manuscrito, tem vinte e quatro anos de idade, um projeto de reforma judiciária, muito cabelo, e ama-me. Eu não o amo menos. Discreto, leal e bom, — bom até à credulidade. Tão firme nas afeições como versátil nos pareceres. Superficial, amigo de novidades, amando no direito o vocabulário e as fórmulas."

Quis reler, e não pôde; essas poucas linhas davam--lhe a sensação de um espelho. Levantou-se, foi à janela, mirou a chácara e tornou dentro para contemplar outra vez as suas feições. Contemplou-as; eram poucas, falhas, mas não pareciam caluniosas. Se ali estivesse um público, é provável que a mortificação do rapaz fosse menor, porque a necessidade de dissipar a impressão moral dos outros dar-lhe-ia a força necessária para reagir contra o escrito; mas, a sós, consigo, teve de suportá-lo sem contraste. Então considerou se o tio não teria composto essas páginas nas horas de mau humor; comparou-as a outras em que a frase era menos áspera, mas não cogitou se ali a brandura vinha ou não de molde.

Para confirmar a conjectura, recordou as maneiras usuais do finado, as horas de intimidade e riso, a sós com ele, ou de palestra com os demais familiares. Evocou a figura do tio, com o olhar espirituoso e meigo, e a pilhéria grave; em lugar dessa, tão cândida e simpática, a que lhe apareceu foi a do tio morto, estendido na cama, com os olhos abertos e o lábio arregaçado. Sacudiu-a do espírito, mas a imagem ficou. Não podendo rejeitá-la, Benjamim tentou mentalmente fechar-lhe os olhos e concertar-lhe a boca; mas tão depressa o fazia, como a pálpebra tornava a levantar-se, e a ironia arregaçava o beiço. Já não era o homem, era o autor do manuscrito.

Benjamim jantou mal e dormiu mal. No dia seguinte, à tarde, apresentaram-se os cinco familiares para ouvir a leitura. Chegaram sôfregos, ansiosos; fizeram-lhe muitas perguntas; pediram-lhe com instância para ver o manuscrito. Mas Benjamim tergiversava, dizia isto e aquilo, inventava pretextos; por mal de pecados, apareceu-lhe na sala, por trás deles, a eterna boca do defunto, e esta circunstância fê-lo ainda mais acanhado. Chegou a mostrar-se frio, para ficar só, e ver se com eles desaparecia a visão. Assim se passaram trinta a quarenta minutos. Os cinco olharam enfim uns para os outros, e deliberaram sair; despediram-se cerimoniosamente, e foram conversando, para suas casas:

— Que diferença do tio! que abismo! a herança enfunou-o! deixá-lo! ah! Joaquim Fidélis! ah! Joaquim Fidélis.

Capítulo dos chapéus

****

>GÉRONTE
>*Dans quel chapitre, s'il vous plaît?*
>SGANARELLE
>*Dans le chapitre des chapeaux.*[10]
>
>Molière

Musa, canta o despeito de Mariana, esposa do bacharel Conrado Seabra, naquela manhã de abril de 1879. Qual a causa de tamanho alvoroço? Um simples chapéu, leve, não deselegante, um chapéu baixo. Conrado, advogado, com escritório na rua da Quitanda, trazia-o todos os dias à cidade, ia com ele às audiências; só não o levava às recepções, teatro lírico, enterros e visitas de cerimônia. No mais era constante, e isto desde cinco ou seis anos, que tantos eram os do casamento. Ora, naquela singular manhã de abril, acabado o almoço, Conrado começou a enrolar um cigarro, e Mariana anunciou sorrindo que ia pedir-lhe uma cousa.

— Que é, meu anjo?
— Você é capaz de fazer-me um sacrifício?
— Dez, vinte...
— Pois então não vá mais à cidade com aquele chapéu.
— Por quê? é feio?
— Não digo que seja feio; mas é cá para fora, para

---

10. "GÉRONTE: Em qual capítulo, por favor?/ SGANARELLE: No [seu] capítulo dos chapéus." Tradução livre para o diálogo retirado da cena II do segundo ato de *Le Médecin malgré lui* [*Médico à força*] (1667), comédia de Molière. [IL]

andar na vizinhança, à tarde ou à noite, mas na cidade, um advogado, não me parece que...

— Que tolice, iaiá!

— Pois sim, mas faz-me este favor, faz?

Conrado riscou um fósforo, acendeu o cigarro, e fez-lhe um gesto de gracejo, para desconversar; mas a mulher teimou. A teima, a princípio frouxa e súplice, tornou-se logo imperiosa e áspera. Conrado ficou espantado. Conhecia a mulher; era, de ordinário, uma criatura passiva, meiga, de uma plasticidade de encomenda, capaz de usar com a mesma divina indiferença tanto um diadema régio como uma touca. A prova é que, tendo tido uma vida de andarilha nos últimos dous anos de solteira, tão depressa casou como se afez aos hábitos quietos. Saía às vezes, e a maior parte delas por instâncias do próprio consorte; mas só estava comodamente em casa. Móveis, cortinas, ornatos supriam-lhe os filhos; tinha-lhes um amor de mãe; e tal era a concordância da pessoa com o meio, que ela saboreava os trastes na posição ocupada, as cortinas com as dobras do costume, e assim o resto. Uma das três janelas, por exemplo, que davam para a rua vivia sempre meia aberta; nunca era outra. Nem o gabinete do marido escapava às exigências monótonas da mulher, que mantinha sem alteração a desordem dos livros, e até chegava a restaurá-la. Os hábitos mentais seguiam a mesma uniformidade. Mariana dispunha de mui poucas noções, e nunca lera senão os mesmos livros: — a *Moreninha* de Macedo, sete vezes; *Ivanhoé* e o *Pirata* de Walter Scott, dez vezes; o *Mot de l'énigme*,[11] de Madame Craven, onze vezes.

---

11. O título francês pode ser livremente traduzido por "Chave do enigma". [KO]

Isto posto, como explicar o caso do chapéu? Na véspera, à noite, enquanto o marido fora a uma sessão do Instituto da Ordem dos Advogados, o pai de Mariana veio à casa deles. Era um bom velho, magro, pausado, ex-funcionário público, ralado de saudades do tempo em que os empregados iam de casaca para as suas repartições. Casaca era o que ele, ainda agora, levava aos enterros, não pela razão que o leitor suspeita, a solenidade da morte ou a gravidade da despedida última, mas por esta menos filosófica, por ser um costume antigo. Não dava outra, nem da casaca nos enterros, nem do jantar às duas horas, nem de vinte usos mais. E tão aferrado aos hábitos, que no aniversário do casamento da filha, ia para lá às seis horas da tarde, jantado e digerido, via comer, e no fim aceitava um pouco de doce, um cálice de vinho e café. Tal era o sogro de Conrado; como supor que ele aprovasse o chapéu baixo do genro? Suportava-o calado, em atenção às qualidades da pessoa; nada mais. Acontecera-lhe, porém, naquele dia, vê-lo de relance na rua, de palestra com outros chapéus altos de homens públicos, e nunca lhe pareceu tão torpe. De noite, encontrando a filha sozinha, abriu-lhe o coração; pintou-lhe o chapéu baixo como a abominação das abominações, e instou com ela para que o fizesse desterrar.

Conrado ignorava essa circunstância, origem do pedido. Conhecendo a docilidade da mulher, não entendeu a resistência; e, porque era autoritário, e voluntarioso, a teima veio irritá-lo profundamente. Conteve-se ainda assim; preferiu mofar do caso; falou-lhe com tal ironia e desdém, que a pobre dama sentiu-se humilhada. Mariana quis levantar-se duas vezes; ele obrigou-a a ficar, a primeira pegando-lhe levemente no pulso, a segunda subjugando-a com o olhar. E dizia sorrindo:

— Olhe, iaiá, tenho uma razão filosófica para não fazer o que você me pede. Nunca lhe disse isto; mas já agora confio-lhe tudo.

Mariana mordia o lábio, sem dizer mais nada; pegou de uma faca, e entrou a bater com ela devagarinho para fazer alguma cousa; mas, nem isso mesmo consentiu o marido, que lhe tirou a faca delicadamente, e continuou:

— A escolha do chapéu não é uma ação indiferente, como você pode supor; é regida por um princípio metafísico. Não cuide que quem compra um chapéu exerce uma ação voluntária e livre; a verdade é que obedece a um determinismo obscuro. A ilusão da liberdade existe arraigada nos compradores, e é mantida pelos chapeleiros que, ao verem um freguês ensaiar trinta ou quarenta chapéus, e sair sem comprar nenhum, imaginam que ele está procurando livremente uma combinação elegante. O princípio metafísico é este: — o chapéu é a integração do homem, um prolongamento da cabeça, um complemento decretado *ab eterno*;[12] ninguém o pode trocar sem mutilação. É uma questão profunda que ainda não ocorreu a ninguém. Os sábios têm estudado tudo desde o astro até o verme, ou, para exemplificar bibliograficamente, desde Laplace... Você nunca leu Laplace? desde Laplace e a *Mecânica celeste* até Darwin e o seu curioso livro das *Minhocas*,[13] e, entretanto, não se lembraram ainda de parar diante do chapéu e

---

12. A expressão latina significa "desde tempos imemoriais", "desde sempre". [HG]
13. Alusão ao livro de Charles Darwin *The Formation of Vegetable Mould through the Action of Worms, with Observations on Their Habits* [A formação do húmus pela ação de minhocas, com observações sobre seus hábitos] (1881). [IL]

estudá-lo por todos os lados. Ninguém advertiu que há uma metafísica do chapéu. Talvez eu escreva uma memória a este respeito. São nove horas e três quartos; não tenho tempo de dizer mais nada; mas você reflita consigo, e verá... Quem sabe? pode ser até que nem mesmo o chapéu seja complemento do homem, mas o homem do chapéu...

Mariana venceu-se afinal, e deixou a mesa. Não entendera nada daquela nomenclatura áspera nem da singular teoria; mas sentiu que era um sarcasmo, e, dentro de si, chorava de vergonha. O marido subiu para vestir-se; desceu daí a alguns minutos, e parou diante dela com o famoso chapéu na cabeça. Mariana achou-lho, na verdade, torpe, ordinário, vulgar, nada sério. Conrado despediu-se cerimoniosamente e saiu.

A irritação da dama tinha afrouxado muito; mas, o sentimento de humilhação subsistia. Mariana não chorou, não clamou, como supunha que ia fazer; mas, consigo mesma, recordou a simplicidade do pedido, os sarcasmos de Conrado, e, posto reconhecesse que fora um pouco exigente, não achava justificação para tais excessos. Ia de um lado para outro, sem poder parar; foi à sala de visitas, chegou à janela meia aberta, viu ainda o marido, na rua, à espera do *bond*, de costas para casa, com o eterno e torpíssimo chapéu na cabeça. Mariana sentiu-se tomada de ódio contra essa peça ridícula; não compreendia como pudera suportá-la por tantos anos. E relembrava os anos, pensava na docilidade dos seus modos, na aquiescência a todas as vontades e caprichos do marido, e perguntava a si mesma se não seria essa justamente a causa do excesso daquela manhã. Chamava-se tola, moleirona;

se tivesse feito como tantas outras, a Clara e a Sofia, por exemplo, que tratavam os maridos como eles deviam ser tratados, não lhe aconteceria nem metade nem uma sombra do que lhe aconteceu. De reflexão em reflexão, chegou à ideia de sair. Vestiu-se, e foi à casa da Sofia, uma antiga companheira de colégio, com o fim de espairecer, não de lhe contar nada.

Sofia tinha trinta anos, mais dous que Mariana. Era alta, forte, muito senhora de si. Recebeu a amiga com as festas do costume; e, posto que esta lhe não dissesse nada, adivinhou que trazia um desgosto e grande. Adeus, planos de Mariana! Daí a vinte minutos contava-lhe tudo. Sofia riu dela, sacudiu os ombros; disse-lhe que a culpa não era do marido.

— Bem sei, é minha, concordava Mariana.

— Não seja tola, iaiá! Você tem sido muito mole com ele. Mas seja forte uma vez; não faça caso; não lhe fale tão cedo; e se ele vier fazer as pazes, diga-lhe que mude primeiro de chapéu.

— Veja você, uma cousa de nada...

— No fim de contas, ele tem muita razão; tanta como outros. Olhe a pamonha da Beatriz; não foi agora para a roça, só porque o marido implicou com um inglês que costumava passar a cavalo de tarde? Coitado do inglês! Naturalmente nem deu pela falta. A gente pode viver bem com seu marido, respeitando-se, não indo contra os desejos um do outro, sem pirraças, nem despotismo. Olhe; eu cá vivo muito bem com o meu Ricardo; temos muita harmonia. Não lhe peço uma cousa que ele me não faça logo; mesmo quando não tem vontade nenhuma, basta que eu feche a cara, obedece logo. Não era ele que teimaria assim por causa de um chapéu!

Tinha que ver! Pois não! Onde iria ele parar! Mudava de chapéu, quer quisesse, quer não.

Mariana ouvia com inveja essa bela definição do sossego conjugal. A rebelião de Eva embocava nela os seus clarins; e o contato da amiga dava-lhe um prurido de independência e vontade. Para completar a situação, esta Sofia não era só muito senhora de si, mas também dos outros; tinha olhos para todos os ingleses, a cavalo ou a pé. Honesta, mas namoradeira; o termo é cru, e não há tempo de compor outro mais brando. Namorava a torto e a direito, por uma necessidade natural, um costume de solteira. Era o troco miúdo do amor, que ela distribuía a todos os pobres que lhe batiam à porta: — um níquel a um, outro a outro; nunca uma nota de cinco mil-réis, menos ainda uma apólice. Ora este sentimento caritativo induziu-a a propor à amiga que fossem passear, ver as lojas, contemplar a vista de outros chapéus bonitos e graves. Mariana aceitou; um certo demônio soprava nela as fúrias da vingança. Demais, a amiga tinha o dom de fascinar, virtude de Bonaparte, e não lhe deu tempo de refletir. Pois sim, iria, estava cansada de viver cativa. Também queria gozar um pouco, etc., etc.

Enquanto Sofia foi vestir-se, Mariana deixou-se estar na sala, irrequieta e contente consigo mesma. Planeou a vida de toda aquela semana, marcando os dias e horas de cada cousa, como numa viagem oficial. Levantava-se, sentava-se, ia à janela, à espera da amiga.

— Sofia parece que morreu, dizia de quando em quando.

De uma das vezes que foi à janela, viu passar um rapaz a cavalo. Não era inglês, mas lembrou-lhe a outra, que o marido levou para a roça, desconfiado de um inglês, e sentiu crescer-lhe o ódio contra a raça masculina, — com exceção, talvez, dos rapazes a cavalo. Na verdade, aquele era afetado demais; esticava a perna no estribo com evidente vaidade das botas, dobrava a mão na cintura, com um ar de figurino. Mariana notou-lhe esses dous defeitos; mas achou que o chapéu resgatava-os; não que fosse um chapéu alto; era baixo, mas próprio do aparelho equestre. Não cobria a cabeça de um advogado indo gravemente para o escritório, mas a de um homem que espairecia ou matava o tempo.

 Os tacões de Sofia desceram a escada, compassadamente. Pronta! disse ela daí a pouco, ao entrar na sala. Realmente, estava bonita. Já sabemos que era alta. O chapéu aumentava-lhe o ar senhoril; e um diabo de vestido de seda preta, arredondando-lhe as formas do busto, fazia-a ainda mais vistosa. Ao pé dela, a figura de Mariana desaparecia um pouco. Era preciso atentar primeiro nesta para ver que possuía feições mui graciosas, uns olhos lindos, muita e natural elegância. O pior é que a outra dominava desde logo; e onde houvesse pouco tempo de as ver, tomava-o Sofia para si. Este reparo seria incompleto, se eu não acrescentasse que Sofia tinha consciência da superioridade, e que apreciava por isso mesmo as belezas do gênero Mariana, menos derramadas e aparentes. Se é um defeito, não me compete emendá-lo.

 — Onde vamos nós? perguntou Mariana.

 — Que tolice! vamos passear à cidade... Agora me lembro, vou tirar o retrato; depois vou ao dentista. Não; primeiro vamos ao dentista. Você não precisa de ir ao dentista?

— Não.

— Nem tirar o retrato?

— Já tenho muitos. E para quê? para dá-lo "àquele senhor"?

Sofia compreendeu que o ressentimento da amiga persistia, e, durante o caminho, tratou de lhe pôr um ou dous bagos mais de pimenta. Disse-lhe que, embora fosse difícil, ainda era tempo de libertar-se. E ensinava-lhe um método para subtrair-se à tirania. Não convinha ir logo de um salto, mas devagar, com segurança, de maneira que ele desse por si quando ela lhe pusesse o pé no pescoço. Obra de algumas semanas, três a quatro, não mais. Ela, Sofia, estava pronta a ajudá-la. E repetia-lhe que não fosse mole, que não era escrava de ninguém, etc. Mariana ia cantando dentro do coração a *marselhesa* do matrimônio.

Chegaram à rua do Ouvidor. Era pouco mais do meio-dia. Muita gente, andando ou parada, o movimento do costume. Mariana sentiu-se um pouco atordoada, como sempre lhe acontecia. A uniformidade e a placidez, que eram o fundo do seu caráter e da sua vida, receberam daquela agitação os repelões do costume. Ela mal podia andar por entre os grupos, menos ainda sabia onde fixasse os olhos, tal era a confusão das gentes, tal era a variedade das lojas. Conchegava-se muito à amiga, e, sem reparar que tinham passado a casa do dentista, ia ansiosa de lá entrar. Era um repouso; era alguma cousa melhor do que o tumulto.

— Esta rua do Ouvidor! ia dizendo.

— Sim? respondia Sofia, voltando a cabeça para ela e os olhos para um rapaz que estava na outra calçada.

Sofia, prática daqueles mares, transpunha, rasgava ou contornava as gentes com muita perícia e tranquilidade. A figura impunha; os que a conheciam gostavam de vê-la outra vez; os que não a conheciam paravam ou voltavam-se para admirar-lhe o garbo. E a boa senhora, cheia de caridade, derramava os olhos à direita e à esquerda, sem grande escândalo, porque Mariana servia a coonestar os movimentos. Nada dizia seguidamente; parece até que mal ouvia as respostas da outra: mas falava de tudo, de outras damas que iam ou vinham, de uma loja, de um chapéu... Justamente os chapéus, — de senhora ou de homem, — abundavam naquela primeira hora da rua do Ouvidor.

— Olha este, dizia-lhe Sofia.

E Mariana acudia a vê-los, femininos ou masculinos, sem saber onde ficar, porque os demônios dos chapéus sucediam-se como num caleidoscópio. Onde era o dentista? perguntava ela à amiga. Sofia só à segunda vez lhe respondeu que tinham passado a casa; mas já agora iriam até ao fim da rua; voltariam depois. Voltaram finalmente.

— Uf! respirou Mariana entrando no corredor.

— Que é, meu Deus? Ora você! Parece da roça...

A sala do dentista tinha já algumas freguesas. Mariana não achou entre elas uma só cara conhecida, e para fugir ao exame das pessoas estranhas, foi para a janela. Da janela podia gozar a rua, sem atropelo. Recostou-se; Sofia veio ter com ela. Alguns chapéus masculinos, parados, começaram a fitá-las; outros, passando, faziam a mesma cousa. Mariana aborreceu-se da insistência; mas, notando que fitavam principalmente a amiga, dissolveu-se-lhe o tédio numa espécie de inveja. Sofia, entretanto, contava-lhe a história de alguns chapéus, — ou, mais corretamente, as aventuras. Um deles merecia os pensamentos de Fulana; outro andava derretido por Sicrana, e ela por ele, tanto que eram certos na rua do Ouvidor às quartas e sábados, entre duas e três horas. Mariana ouvia aturdida. Na verdade, o chapéu era bonito, trazia uma linda gravata, e possuía um ar entre elegante e pelintra, mas...

— Não juro, ouviu? replicava a outra, mas é o que se diz.

Mariana fitou pensativa o chapéu denunciado. Havia agora mais três, de igual porte e graça, e provavelmente os quatro falavam delas, e falavam bem. Mariana enrubesceu muito, voltou a cabeça para o outro lado, tornou logo à primeira atitude, e afinal entrou. Entrando, viu na sala duas senhoras recém-chegadas, e com elas um rapaz que se levantou prontamente e veio cumprimentá-la com muita cerimônia. Era o seu primeiro namorado.

Este primeiro namorado devia ter agora trinta e três anos. Andara por fora, na roça, na Europa, e afinal na presidência de uma província do Sul. Era mediano de estatura, pálido, barba inteira e rara, e muito apertado na roupa. Tinha na mão um chapéu novo, alto, preto, grave, presidencial, administrativo, um chapéu adequado à pessoa e às ambições. Mariana, entretanto, mal pôde vê-lo. Tão confusa ficou, tão desorientada com a presença de um homem que conhecera em especiais circunstâncias, e a quem não vira desde 1877, que não pôde reparar em nada. Estendeu-lhe os dedos, parece mesmo que murmurou uma resposta qualquer, e ia tornar à janela, quando a amiga saiu dali.

Sofia conhecia também o recém-chegado. Trocaram algumas palavras. Mariana, impaciente, perguntou-lhe ao ouvido se não era melhor adiar os dentes para outro dia; mas a amiga disse-lhe que não; negócio de meia hora a três quartos. Mariana sentia-se opressa: a presença de um tal homem atava-lhe os sentidos, lançava-a na luta e na confusão. Tudo culpa do marido. Se ele não teimasse e não caçoasse com ela, ainda em cima, não aconteceria nada. E Mariana, pensando assim, jurava tirar uma desforra. De memória contemplava a casa, tão sossegada, tão bonitinha, onde podia estar agora, como de costume, sem os safanões da rua, sem a dependência da amiga...

— Mariana, disse-lhe esta, o Dr. Viçoso teima que está muito magro. Você não acha que está mais gordo do que no ano passado... Não se lembra dele no ano passado?

Dr. Viçoso era o próprio namorado antigo, que palestrava com Sofia, olhando muitas vezes para Mariana. Esta respondeu negativamente. Ele aproveitou a fresta para puxá-la à conversação; disse, que, na verdade, não a vira desde alguns anos. E sublinhava o dito com um certo olhar triste e profundo. Depois abriu o estojo dos assuntos, sacou para fora o teatro lírico. Que tal achavam a companhia? Na opinião dele era excelente, menos o barítono; o barítono parecia-lhe cansado. Sofia protestou contra o cansaço do barítono, mas ele insistiu, acrescentando que, em Londres, onde o ouvira pela primeira vez, já lhe parecera a mesma cousa. As damas, sim, senhora; tanto a soprano como a contralto eram de primeira ordem. E falou das óperas, citava os trechos, elogiou a orquestra, principalmente nos *Huguenotes*...

Tinha visto Mariana na última noite, no quarto ou quinto camarote da esquerda, não era verdade?

— Fomos, murmurou ela, acentuando bem o plural.

— No Cassino é que a não tenho visto, continuou ele.

— Está ficando um bicho do mato, acudiu Sofia rindo.

Viçoso gostara muito do último baile, e desfiou as suas recordações; Sofia fez o mesmo às dela. As melhores *toilettes* foram descritas por ambos com muita particularidade; depois vieram as pessoas, os caracteres, dous ou três picos de malícia, mas tão anódina, que não fez mal a ninguém. Mariana ouvia-os sem interesse; duas ou três vezes chegou a levantar-se e ir à janela; mas os chapéus eram tantos e tão curiosos, que ela voltava a sentar-se. Interiormente, disse alguns nomes feios à amiga; não os ponho aqui por não serem necessários, e, aliás, seria de mau gosto desvendar o que esta moça pôde pensar da outra durante alguns minutos de irritação.

— E as corridas do Jockey Club? perguntou o ex--presidente.

Mariana continuava a abanar a cabeça. Não tinha ido às corridas naquele ano. Pois perdera muito, a penúltima, principalmente; esteve animadíssima, e os cavalos eram de primeira ordem. As de Epsom, que ele vira, quando esteve em Inglaterra, não eram melhores do que a penúltima do Prado Fluminense. E Sofia dizia que sim, que realmente a penúltima corrida honrava o Jockey Club. Confessou que gostava muito; dava emoções fortes. A conversação descambou em dous concertos daquela semana; depois tomou a barca, subiu a serra e foi a Petrópolis, onde dous diplomatas lhe fizeram as despesas da estadia. Como falassem da esposa de um ministro, Sofia lembrou-se de ser agradável ao ex-presidente, declarando-lhe que era preciso casar também porque em breve estaria no ministério. Viçoso teve um estremeção de prazer, e sorriu, e protestou que não; depois, com os olhos em Mariana, disse que provavelmente não casaria nunca... Mariana enrubesceu muito e levantou-se.

— Você está com muita pressa, disse-lhe Sofia. Quantas são? continuou voltando-se para Viçoso.

— Perto de três! exclamou ele.

Era tarde; tinha de ir à câmara dos deputados. Foi falar às duas senhoras, que acompanhara, e que eram primas suas, e despediu-se; vinha despedir-se das outras, mas Sofia declarou que sairia também. Já agora não esperava mais. A verdade é que a ideia de ir à câmara dos deputados começara a faiscar-lhe na cabeça.

— Vamos à câmara? propôs ela à outra.

— Não, não, disse Mariana; não posso, estou muito cansada.

— Vamos, um bocadinho só; eu também estou muito cansada...

Mariana teimou ainda um pouco; mas teimar contra Sofia, — a pomba discutindo com o gavião, — era realmente insensatez. Não teve remédio, foi. A rua estava agora mais agitada, as gentes iam e vinham por ambas as calçadas, e complicavam-se no cruzamento das ruas. De mais a mais, o obsequioso ex-presidente flanqueava as duas damas, tendo-se oferecido para arranjar-lhes uma tribuna.

A alma de Mariana sentia-se cada vez mais dilacerada de toda essa confusão de cousas. Perdera o interesse da primeira hora; e o despeito, que lhe dera forças para um voo audaz e fugidio, começava a afrouxar as asas, ou afrouxara-as inteiramente. E outra vez recordava a casa, tão quieta, com todas as cousas nos seus lugares, metódicas, respeitosas umas com as outras, fazendo-se tudo sem atropelo, e, principalmente, sem mudança imprevista. E a alma batia o pé raivosa... Não ouvia nada do que o Viçoso ia dizendo, conquanto ele falasse alto, e muitas cousas fossem ditas para ela. Não ouvia, não queria ouvir nada. Só pedia a Deus que as horas andassem depressa. Chegaram à câmara e foram para uma tribuna. O rumor das saias chamou a atenção de uns vinte deputados, que restavam, escutando um discurso de orçamento. Tão depressa o Viçoso pediu licença e saiu, Mariana disse rapidamente à amiga que não lhe fizesse outra.

— Que outra? perguntou Sofia.

— Não me pregue outra peça como esta de andar de um lugar para outro feito maluca. Que tenho eu com a câmara? que me importam discursos que não entendo?

Sofia sorriu, agitou o leque e recebeu em cheio o olhar de um dos secretários. Muitos eram os olhos que a fitavam quando ela ia à câmara, mas os do tal secretário tinham uma expressão mais especial, cálida e súplice. Entende-se, pois, que ela não o recebeu de supetão; pode mesmo entender-se que o procurou curiosa. Enquanto acolhia esse olhar legislativo ia respondendo à amiga, com brandura, que a culpa era dela, e que a sua intenção era boa, era restituir-lhe a posse de si mesma.

— Mas, se você acha que a aborreço não venha mais comigo, concluiu Sofia.

E, inclinando-se um pouco:

— Olha o ministro da justiça.

Mariana não teve remédio senão ver o ministro da justiça. Este aguentava o discurso do orador, um governista, que provava a conveniência dos tribunais correcionais, e, incidentemente, compendiava a antiga legislação colonial. Nenhum aparte; um silêncio resignado, polido, discreto e cauteloso. Mariana passeava os olhos de um lado para outro, sem interesse; Sofia dizia-lhe muitas cousas, para dar saída a uma porção de gestos graciosos. No fim de quinze minutos agitou-se a câmara, graças a uma expressão do orador e uma réplica da oposição. Trocaram-se apartes, os segundos mais bravos que os primeiros, e seguiu-se um tumulto, que durou perto de um quarto de hora.

Essa diversão não o foi para Mariana, cujo espírito plácido e uniforme, ficou atarantado no meio de tanta e tão inesperada agitação. Ela chegou a levantar-se para sair; mas, sentou-se outra vez. Já agora estava disposta a ir ao fim, arrependida e resoluta a chorar só consigo as suas mágoas conjugais. A dúvida começou mesmo a entrar nela. Tinha razão no pedido ao marido; mas era caso de doer-se tanto? era razoável o espalhafato? Certamente que as ironias dele foram cruéis; mas, em suma, era a primeira vez que ela lhe batera o pé, e, naturalmente, a novidade irritou-o. De qualquer modo porém, fora um erro ir revelar tudo à amiga. Sofia iria talvez contá-lo a outras... Esta ideia trouxe um calafrio a Mariana; a indiscrição da amiga era certa; tinha-lhe ouvido uma porção de histórias de chapéus masculinos e femininos, cousa mais grave do que uma simples briga de casados. Mariana sentiu necessidade de lisonjeá-la, e cobriu a sua impaciência e zanga com uma máscara de docilidade hipócrita.

Começou a sorrir também, a fazer algumas observações, a respeito de um ou outro deputado, e assim chegaram ao fim do discurso e da sessão.

Eram quatro horas dadas. Toca a recolher, disse Sofia; e Mariana concordou que sim, mas sem impaciência, e ambas tornaram a subir a rua do Ouvidor. A rua, a entrada no *bond*, completaram a fadiga do espírito de Mariana, que afinal respirou quando viu que ia caminho de casa. Pouco antes de apear-se a outra, pediu-lhe que guardasse segredo sobre o que lhe contara; Sofia prometeu que sim.

Mariana respirou. A rola estava livre do gavião. Levava a alma doente dos encontrões, vertiginosa da diversidade de cousas e pessoas. Tinha necessidade de equilíbrio e saúde. A casa estava perto; à medida que ia vendo as outras casas e chácaras próximas, Mariana sentia-se restituída a si mesma. Chegou finalmente; entrou no jardim, respirou. Era aquele o seu mundo; menos um vaso, que o jardineiro trocara de lugar.

— João, bota este vaso onde estava antes, disse ela.

Tudo o mais estava em ordem, a sala de entrada, a de visitas, a de jantar, os seus quartos, tudo. Mariana sentou-se primeiro, em diferentes lugares, olhando bem para todas as cousas, tão quietas e ordenadas. Depois de uma manhã inteira de perturbação e variedade, a monotonia trazia-lhe um grande bem, e nunca lhe pareceu tão deliciosa. Na verdade, fizera mal... Quis recapitular os sucessos e não pôde; a alma espreguiçava-se toda naquela uniformidade caseira. Quando muito, pensou na figura do Viçoso, que achava agora ridícula, e era injustiça. Despiu-se lentamente, com amor, indo certeira a cada objeto. Uma vez despida, pensou outra vez na briga com o marido. Achou que, bem pesadas as cousas, a principal culpa era dela. Que diabo de teima por causa de um chapéu, que o marido usara há tantos anos? Também o pai era exigente demais...

— Vou ver a cara com que ele vem, pensou ela.

Eram cinco e meia; não tardaria muito. Mariana foi à sala da frente, espiou pela vidraça, prestou o ouvido ao *bond*, e nada. Sentou-se ali mesmo com o *Ivanhoé* nas palmas, querendo ler e não lendo nada. Os olhos iam até o fim da página, e tornavam ao princípio, em primeiro lugar, porque não apanhavam o sentido, em segundo lugar, porque uma ou outra vez desviavam-se para saborear a correção das cortinas ou qualquer outra feição particular da sala. Santa monotonia, tu a acalentavas no teu regaço eterno.

Enfim, parou um *bond*; apeou-se o marido; rangeu a porta de ferro do jardim. Mariana foi à vidraça, e espiou. Conrado entrava lentamente, olhando para a direita e a esquerda, com o chapéu na cabeça, não o famoso chapéu do costume, porém outro, o que a mulher lhe tinha pedido de manhã. O espírito de Mariana recebeu um choque violento, igual ao que lhe dera o vaso do jardim trocado, — ou ao que lhe daria uma lauda de Voltaire entre as folhas da *Moreninha* ou de *Ivanhoé*... Era a nota desigual no meio da harmoniosa sonata da vida. Não, não podia ser esse chapéu. Realmente, que mania a dela exigir que ele deixasse o outro que lhe ficava tão bem? E que não fosse o mais próprio, era o de longos anos; era o que quadrava à fisionomia do marido... Conrado entrou por uma porta lateral. Mariana recebeu-o nos braços.

— Então, passou? perguntou ele, enfim, cingindo-lhe a cintura.

— Escuta uma cousa, respondeu ela com uma carícia divina, bota fora esse; antes o outro.

Conto alexandrino

****

Capítulo I.
No mar

— O quê, meu caro Stroibus? Não, impossível. Nunca jamais ninguém acreditará que o sangue de rato, dado a beber a um homem, possa fazer do homem um ratoneiro.

— Em primeiro lugar, Pítias, tu omites uma condição: — é que o rato deve expirar debaixo do escalpelo, para que o sangue traga o seu princípio. Essa condição é essencial. Em segundo lugar, uma vez que me apontas o exemplo do rato, fica sabendo que já fiz com ele uma experiência, e cheguei a produzir um ladrão...

— Ladrão autêntico?

— Levou-me o manto, ao cabo de trinta dias, mas deixou-me a maior alegria do mundo: — a realidade da minha doutrina. Que perdi eu? um pouco de tecido grosso; e que lucrou o universo? a verdade imortal. Sim, meu caro Pítias; esta é a eterna verdade. Os elementos constitutivos do ratoneiro estão no sangue do rato, os do paciente no boi, os do arrojado na águia...

— Os do sábio na coruja, interrompeu Pítias sorrindo.

— Não; a coruja é apenas um emblema; mas a aranha, se pudéssemos transferi-la a um homem, daria a esse homem os rudimentos da geometria e o sentimento musical. Com um bando de cegonhas, andorinhas ou grous, faço-te de um caseiro um viageiro. O princípio da fidelidade conjugal está no sangue da rola, o da enfatuação no dos pavões... Em suma, os deuses puseram nos bichos da terra, da água e do ar a essência de todos os sentimentos e capacidades humanas. Os animais são as letras soltas do alfabeto; o homem é a sintaxe. Esta é a minha filosofia recente; esta é a que vou divulgar na corte do grande Ptolomeu.

Pítias sacudiu a cabeça, e fixou os olhos no mar. O navio singrava, em direitura a Alexandria, com essa carga preciosa de dous filósofos, que iam levar àquele regaço do saber os frutos da razão esclarecida. Eram amigos, viúvos e quinquagenários. Cultivavam especialmente a metafísica, mas conheciam a física, a química, a medicina e a música; um deles, Stroibus, chegara a ser excelente anatomista, tendo lido muitas vezes os tratados do mestre Herófilo. Chipre era a pátria de ambos; mas, tão certo é que ninguém é profeta em sua terra, Chipre não dava o merecido respeito aos dous filósofos. Ao contrário, desdenhava-os; os garotos tocavam ao extremo de rir deles. Não foi esse, entretanto, o motivo que os levou a deixar a pátria. Um dia, Pítias, voltando de uma viagem, propôs ao amigo irem para Alexandria, onde as artes e as ciências eram grandemente honradas. Stroibus aderiu, e embarcaram. Só agora, depois de embarcados, é que o inventor da nova doutrina expô-la ao amigo, com todas as suas recentes cogitações e experiências.

— Está feito, disse Pítias, levantando a cabeça, não afirmo nem nego nada. Vou estudar a doutrina, e se a achar verdadeira, proponho-me a desenvolvê-la e divulgá-la.

— Viva Hélio!ᴬ exclamou Stroibus. Posso contar que és meu discípulo.

Capítulo II.
Experiência

Os garotos alexandrinos não trataram os dous sábios com o escárnio dos garotos cipriotas. A terra era grave como a íbis pousada numa só pata, pensativa como a esfinge, circunspecta como as múmias, dura como as pirâmides; não tinha tempo nem maneira de rir. Cidade e corte, que desde muito tinham notícia dos nossos dous amigos, fizeram-lhes um recebimento régio, mostraram conhecer seus escritos, discutiram as suas ideias, mandaram-lhes muitos presentes, papiros, crocodilos, zebras, púrpuras. Eles porém, recusaram tudo, com simplicidade, dizendo que a filosofia bastava ao filósofo, e que o supérfluo era um dissolvente. Tão nobre resposta encheu de admiração tanto aos sábios como aos principais e à mesma plebe. E aliás, diziam os mais sagazes, que outra cousa se podia esperar de dous homens tão sublimes, que em seus magníficos tratados...

— Temos cousa melhor do que esses tratados, interrompia Stroibus. Trago uma doutrina, que, em pouco, vai dominar o universo; cuido nada menos que em reconstituir os homens e os Estados, distribuindo os talentos e as virtudes.

— Não é esse o ofício dos deuses? objetava um.

— Eu violei o segredo dos deuses, acudia Stroibus.

O homem é a sintaxe da natureza, eu descobri as leis da gramática divina...

— Explica-te.

— Mais tarde; deixa-me experimentar primeiro. Quando a minha doutrina estiver completa, divulgá-la-ei como a maior riqueza que os homens jamais poderão receber de um homem.

Imaginem a expectação pública e a curiosidade dos outros filósofos, embora incrédulos de que a verdade recente viesse aposentar as que eles mesmos possuíam. Entretanto, esperavam todos. Os dous hóspedes eram apontados na rua até pelas crianças. Um filho meditava trocar a avareza do pai, um pai a prodigalidade do filho, uma dama a frieza de um varão, um varão os desvarios de uma dama, porque o Egito, desde os Faraós até aos Lágides, era a terra de Putifar, da mulher de Putifar, da capa de José, e do resto. Stroibus tornou-se a esperança da cidade e do mundo.

Pítias, tendo estudado a doutrina, foi ter com Stroibus, e disse-lhe:

— Metafisicamente, a tua doutrina é um despropósito; mas estou pronto a admitir uma experiência, contanto que seja decisiva. Para isto, meu caro Stroibus, há só um meio. Tu e eu, tanto pelo cultivo da razão como pela rigidez do caráter, somos o que há mais oposto ao vício do furto. Pois bem, se conseguires incutir-nos esse vício, não será preciso mais; se não conseguires nada, (e podes crê-lo, porque é um absurdo) recuarás de semelhante doutrina, e tornarás às nossas velhas meditações.

Stroibus aceitou a proposta.

— O meu sacrifício é o mais penoso, disse ele, pois estou certo do resultado; mas que não merece a verdade? A verdade é imortal; o homem é um breve momento...

Os ratos egípcios, se pudessem saber de um tal acordo, teriam imitado os primitivos hebreus, aceitando a fuga para o deserto, antes do que a nova filosofia. E podemos crer que seria um desastre. A ciência, como a guerra, tem necessidades imperiosas; e desde que a ignorância dos ratos, a sua fraqueza, a superioridade mental e física dos dois filósofos eram outras tantas vantagens na experiência que ia começar, cumpria não perder tão boa ocasião de saber se efetivamente o princípio das paixões e das virtudes humanas estava distribuído pelas várias espécies de animais, e se era possível transmiti-lo.

Stroibus engaiolava os ratos; depois, um a um, ia-os sujeitando ao ferro. Primeiro, atava uma tira de pano no focinho do paciente; em seguida, os pés, finalmente, cingia com um cordel as pernas e o pescoço do animal à tábua da operação. Isto feito, dava o primeiro talho no peito, com vagar, e com vagar ia enterrando o ferro até tocar o coração, porque era opinião dele que a morte instantânea corrompia o sangue e retirava-lhe o princípio. Hábil anatomista, operava com uma firmeza digna do propósito científico. Outro, menos destro, interromperia muita vez a tarefa, porque as contorções de dor e de agonia tornavam difícil o meneio do escalpelo; mas essa era justamente a superioridade de Stroibus: tinha o pulso magistral e prático.

Ao lado dele, Pítias aparava o sangue e ajudava a obra, já contendo os movimentos convulsivos do paciente, já espiando-lhe nos olhos o progresso da agonia. As observações que ambos faziam eram notadas em folhas de papiro; e assim ganhava a ciência de duas maneiras. Às vezes, por divergência de apreciação, eram obrigados a escalpelar maior número de ratos do que o necessário; mas não perdiam com isso, porque o sangue dos excedentes era conservado e ingerido depois. Um só desses casos mostrará a consciência com que eles procediam. Pítias observara que a retina do rato agonizante mudava de cor até chegar ao azul-claro, ao passo que a observação de Stroibus dava a cor de canela como o tom final da morte. Estavam na última operação do dia; mas o ponto valia a pena, e, não obstante o cansaço, fizeram sucessivamente dezenove experiências sem resultado definitivo; Pítias insistia pela cor azul, e Stroibus pela cor de canela. O vigésimo rato esteve prestes a pô-los de acordo, mas Stroibus advertiu, com muita sagacidade, que a sua posição era agora diferente, retificou-a e escalpelaram mais vinte e cinco. Destes, o primeiro ainda os deixou em dúvida; mas os outros vinte e quatro provaram-lhes que a cor final não era canela nem azul, mas um lírio roxo, tirando a claro.

A descrição exagerada das experimentações deu rebate à porção sentimental da cidade, e excitou a loquela de alguns sofistas; mas o grave Stroibus (com brandura, para não agravar uma disposição própria da alma humana) respondeu que a verdade valia todos os ratos do universo, e não só os ratos, como os pavões, as cabras, os cães, os rouxinóis, etc.; que, em relação aos ratos, além de ganhar a ciência, ganhava a cidade, vendo diminuída a praga de um animal tão daninho; e, se a mesma consideração não se dava com outros animais, como, por exemplo, as rolas e os cães, que eles iam escalpelar daí a tempos, nem por isso os direitos da verdade eram menos imprescritíveis. A natureza não há de ser só a mesa de jantar, concluía em forma de aforismo, mas também a mesa de ciência.

E continuavam a extrair o sangue e a bebê-lo. Não o bebiam puro, mas diluído em um cozimento de cinamomo, suco de acácia e bálsamo, que lhe tirava todo o sabor primitivo. As doses eram diárias e diminutas; tinham, portanto, de aguardar um longo prazo antes de produzido o efeito. Pítias, impaciente e incrédulo, mofava do amigo.

— Então? nada?

— Espera, dizia o outro, espera. Não se incute um vício como se cose um par de sandálias.

Capítulo III.
Vitória

Enfim, venceu Stroibus! A experiência provou a doutrina. E Pítias foi o primeiro que deu mostras da realidade do efeito, atribuindo-se umas três ideias ouvidas ao próprio Stroibus; este, em compensação, furtou-lhe quatro comparações e uma teoria dos ventos. Nada mais científico do que essas estreias. As ideias alheias, por isso mesmo que não foram compradas na esquina, trazem um certo ar comum; e é muito natural começar por elas antes de passar aos livros emprestados, às galinhas, aos papéis falsos, às províncias, etc. A própria denominação de plágio é um indício de que os homens compreendem a dificuldade de confundir esse embrião da ladroeira com a ladroeira formal.

Duro é dizê-lo; mas a verdade é que eles deitaram ao Nilo a bagagem metafísica, e dentro de pouco estavam larápios acabados. Concertavam-se de véspera, e iam aos mantos, aos bronzes, às ânforas de vinho, às mercadorias do porto, às boas dracmas. Como furtassem sem estrépito, ninguém dava por eles; mas, ainda mesmo que os suspeitassem, como fazê-lo crer aos outros? Já então Ptolomeu coligira na biblioteca muitas riquezas e raridades; e, porque conviesse ordená-las, designou para isso cinco gramáticos e cinco filósofos, entre estes os nossos dous amigos. Estes últimos trabalharam com singular ardor, sendo os primeiros que entravam e os últimos que saíam, e ficando ali muitas noites, ao clarão da lâmpada, decifrando, coligindo, classificando. Ptolomeu, entusiasmado, meditava para eles os mais altos destinos.

Ao cabo de algum tempo, começaram a notar-se faltas graves: — um exemplar de Homero, três rolos de manuscritos persas, dois de samaritanos, uma soberba coleção de cartas originais de Alexandre, cópias de leis atenienses, o 2º e o 3º livro da *República* de Platão, etc., etc. A autoridade pôs-se à espreita; mas a esperteza do rato, transferida a um organismo superior, era naturalmente maior, e os dois ilustres gatunos zombavam de espias e guardas. Chegaram ao ponto de estabelecer este preceito filosófico de não sair dali com as mãos vazias; traziam sempre alguma cousa, uma fábula, quando menos. Enfim, estando a sair um navio para Chipre, pediram licença a Ptolomeu, com promessa de voltar, coseram os livros dentro de couros de hipopótamo, puseram-lhes rótulos falsos, e trataram de fugir. Mas a inveja de outros filósofos não dormia; deu rebate às suspeitas dos magistrados, e descobriu-se o roubo. Stroibus e Pítias foram tidos por aventureiros, mascarados com os nomes daqueles dous varões ilustres; Ptolomeu entregou-os à justiça com ordem de os passar logo ao carrasco. Foi então que interveio Herófilo, inventor da anatomia.

Capítulo IV.
Plus ultra![14]

— Senhor, disse ele a Ptolomeu, tenho-me limitado até agora a escalpelar cadáveres. Mas o cadáver dá-me a estrutura, não me dá a vida; dá-me os órgãos, não me dá as funções. Eu preciso das funções e da vida.

— Que me dizes? redarguiu Ptolomeu. Queres estripar os ratos de Stroibus?

— Não, senhor; não quero estripar os ratos.

— Os cães? os gansos? as lebres?...

— Nada; peço alguns homens vivos.

— Vivos? não é possível...

— Vou demonstrar que não só é possível, mas até legítimo e necessário. As prisões egípcias estão cheias de criminosos, e os criminosos ocupam, na escala humana, um grau muito inferior. Já não são cidadãos, nem mesmo se podem dizer homens, porque a razão e a virtude, que são os dois principais característicos

---

14. A expressão latina pode ser traduzida por "mais além". [IL]

humanos, eles os perderam, infringindo a lei e a moral. Além disso, uma vez que têm de expiar com a morte os seus crimes, não é justo que prestem algum serviço à verdade e à ciência? A verdade é imortal; ela vale não só todos os ratos, como todos os delinquentes do universo.

Ptolomeu achou o raciocínio exato, e ordenou que os criminosos fossem entregues a Herófilo e seus discípulos. O grande anatomista agradeceu tão insigne obséquio, e começou a escalpelar os réus. Grande foi o assombro do povo; mas, salvo alguns pedidos verbais, não houve nenhuma manifestação contra a medida. Herófilo repetia o que dissera a Ptolomeu, acrescentando que a sujeição dos réus à experiência anatômica era até um modo indireto de servir à moral, visto que o terror de escalpelo impediria a prática de muitos crimes.

Nenhum dos criminosos, ao deixar a prisão, suspeitava o destino científico que o esperava. Saíam um por um; às vezes dous a dous, ou três a três. Muitos deles, estendidos e atados à mesa da operação, não chegavam a desconfiar nada; imaginavam que era um novo gênero de execução sumária. Só quando os anatomistas definiam o objeto do estudo do dia, alçavam os ferros e davam os primeiros talhos, é que os desgraçados adquiriam a consciência da situação. Os que se lembravam de ter visto as experiências dos ratos, padeciam em dobro, porque a imaginação juntava à dor presente o espetáculo passado.

Para conciliar os interesses da ciência com os impulsos da piedade, os réus não eram escalpelados à vista uns dos outros, mas sucessivamente. Quando vinham aos dois ou aos três, não ficavam em lugar donde os que esperavam pudessem ouvir os gritos do paciente, embora os gritos fossem muitas vezes abafados por meio de aparelhos; mas se eram abafados, não eram suprimidos, e em certos casos, o próprio objeto da experiência exigia que a emissão da voz fosse franca. Às vezes as operações eram simultâneas; mas então faziam-se em lugares distanciados.

Tinham sido escalpelados cerca de cinquenta réus, quando chegou a vez de Stroibus e Pítias. Vieram buscá-los; eles supuseram que era para a morte judiciária, e encomendaram-se aos deuses. De caminho, furtaram uns figos, e explicaram o caso alegando que era um impulso da fome; adiante, porém, subtraíram uma flauta, e essa outra ação não a puderam explicar satisfatoriamente. Todavia, a astúcia do larápio é infinita, e Stroibus, para justificar a ação, tentou extrair algumas notas do instrumento, enchendo de compaixão as pessoas que os viam passar, e não ignoravam a sorte que iam ter. A notícia desses dous novos delitos foi narrada por Herófilo, e abalou a todos os seus discípulos.

— Realmente, disse o mestre, é um caso extraordinário, um caso lindíssimo. Antes do principal, examinemos aqui o outro ponto...

O ponto era saber se o nervo do latrocínio residia na palma da mão ou na extremidade dos dedos; problema esse sugerido por um dos discípulos. Stroibus foi o primeiro sujeito à operação. Compreendeu tudo, desde que entrou na sala; e, como a natureza humana tem uma parte ínfima, pediu-lhes humildemente que poupassem a vida a um filósofo. Mas Herófilo, com um grande poder de dialética, disse-lhe mais ou menos isto: — Ou és um aventureiro ou o verdadeiro Stroibus; no primeiro caso, tens aqui o único meio para resgatar o crime de iludir a um príncipe esclarecido, presta-te ao escalpelo; no segundo caso, não deves ignorar que a obrigação do filósofo é servir à filosofia, e que o corpo é nada em comparação com o entendimento.

Dito isto, começaram pela experiência das mãos, que produziu ótimos resultados, coligidos em livros, que se perderam com a queda dos Ptolomeus. Também as mãos de Pítias foram rasgadas e minuciosamente examinadas. Os infelizes berravam, choravam, suplicavam; mas Herófilo dizia-lhes pacificamente que a obrigação do filósofo era servir à filosofia, e que para os fins da ciência, eles valiam ainda mais que os ratos, pois era melhor concluir do homem para o homem, e não do rato para o homem. E continuou a rasgá-los fibra por fibra, durante oito dias. No terceiro dia arrancaram-lhes os olhos, para desmentir praticamente uma teoria sobre a conformação interior do órgão. Não falo da extração do estômago de ambos, por se tratar de problemas relativamente secundários, e em todo caso estudados e resolvidos em cinco ou seis indivíduos escalpelados antes deles.

Diziam os alexandrinos que os ratos celebraram esse caso aflitivo e doloroso com danças e festas, a que convidaram alguns cães, rolas, pavões e outros animais ameaçados de igual destino, e outrossim, que nenhum dos convidados aceitou o convite, por sugestão de um cachorro, que lhes disse melancolicamente: — "Século virá em que a mesma cousa nos aconteça". Ao que retorquiu um rato: "Mas até lá, riamos!".

Primas de Sapucaia!

****

Há umas ocasiões oportunas e fugitivas, em que o acaso nos inflige duas ou três primas de Sapucaia; outras vezes, ao contrário, as primas de Sapucaia são antes um benefício do que um infortúnio.

Era à porta de uma igreja. Eu esperava que as minhas primas Claudina e Rosa tomassem água benta, para conduzi-las à nossa casa, onde estavam hospedadas. Tinham vindo de Sapucaia, pelo Carnaval, e demoraram-se dois meses na corte. Era eu que as acompanhava a toda a parte, missas, teatros, rua do Ouvidor, porque minha mãe, com o seu reumático, mal podia mover-se dentro de casa, e elas não sabiam andar sós. Sapucaia era a nossa pátria comum. Embora todos os parentes estivessem dispersos, ali nasceu o tronco da família. Meu tio José Ribeiro, pai destas primas, foi o único, de cinco irmãos, que lá ficou lavrando a terra e figurando na política do lugar. Eu vim cedo para a corte, donde segui a estudar e bacharelar-me em S. Paulo. Voltei uma só vez a Sapucaia, para pleitear uma eleição, que perdi.

Rigorosamente, todas estas notícias são desnecessárias para a compreensão da minha aventura; mas é um modo de ir dizendo alguma cousa, antes de entrar em matéria, para a qual não acho porta grande nem pequena; o melhor é afrouxar a rédea à pena, e ela que vá andando, até achar entrada. Há de haver alguma; tudo depende das circunstâncias, regra que tanto serve para o estilo como para a vida; palavra puxa palavra, uma ideia traz outra, e assim se faz um livro, um governo, ou uma revolução; alguns dizem mesmo que assim é que a natureza compôs as suas espécies.

Portanto, água benta e porta de igreja. Era a igreja de S. José. A missa acabara; Claudina e Rosa fizeram uma cruz na testa, com o dedo polegar, molhado na água benta e descalçado unicamente para esse gesto. Depois ajustaram os manteletes, enquanto eu, ao portal, ia vendo as damas que saíam. De repente, estremeço, inclino-me para fora, chego mesmo a dar dous passos na direção da rua.

— Que foi, primo?
— Nada, nada.

Era uma senhora, que passara rentezinha com a igreja, vagarosa, cabisbaixa, apoiando-se no chapelinho de sol; ia pela rua da Misericórdia acima. Para explicar a minha comoção, é preciso dizer que era a segunda vez que a via. A primeira foi no Prado Fluminense, dous meses antes, com um homem que, pelos modos, era seu marido, mas tanto podia ser marido como pai. Estava então um pouco de espavento, vestida de escarlate, com grandes enfeites vistosos, e umas argolas demasiado grossas nas orelhas; mas os olhos e a boca resgatavam o resto. Namoramos às bandeiras despregadas. Se disser que saí dali apaixonado, não meto a minha alma no inferno, porque é a verdade pura. Saí tonto, mas saí também desapontado, perdi-a de vista na multidão. Nunca mais pude dar com ela, nem ninguém me soube dizer quem fosse.

Calcule-se o meu enfado, vendo que a fortuna vinha trazê-la outra vez ao meu caminho, e que umas primas fortuitas não me deixavam lançar-lhe as mãos.

Não será difícil calculá-lo, porque estas primas de Sapucaia tomam todas as formas, e o leitor, se não as teve de um modo, teve-as de outro. Umas vezes copiam o ar confidencial de um cavalheiro informado da última crise do ministério, de todas as causas aparentes ou secretas, dissensões novas ou antigas, interesses agravados, conspiração, crise. Outras vezes, enfronham-se na figura daquele eterno cidadão que afirma de um modo ponderoso e abotoado, que não há leis sem costumes, *nisi lege sine moribus*.[15] Outras, afivelam a máscara de um Dangeau de esquina, que nos conta miudamente as fitas e rendas que esta, aquela, aqueloutra dama levara ao baile ou ao teatro. E durante esse tempo, a Ocasião passa, vagarosa, cabisbaixa, apoiando-se no chapelinho de sol: passa, dobra a esquina, e adeus... O ministério esfacelava-se; malinas e bruxelas; *nisi lege sine moribus*...

Estive a pique de dizer às primas, que se fossem embora; morávamos na rua do Carmo, não era longe; mas abri mão da ideia. Já na rua pensei também em deixá-las na igreja, à minha espera, e ir ver se agarrava a Ocasião pela calva. Creio mesmo que cheguei a parar um momento, mas rejeitei igualmente esse alvitre e fui andando.

Fui andando com elas para o lado oposto ao da minha incógnita. Olhei para trás repetidas vezes, até perdê-la numa das curvas da rua, com os olhos no chão,

---

15. Adaptação do verso "*Quid leges sine moribus*", ou, em tradução livre do latim, "O que são as leis sem os costumes?", que está na ode 24 do livro III das *Odes* (23 a.C.), de Horácio.
A pergunta do poeta ganha a forma de uma resposta negativa neste conto. [HG]

como quem reflete, devaneia ou espera uma hora marcada. Não minto dizendo que esta última ideia trouxe-me a emoção do ciúme. Sou exclusivo e pessoal; daria um triste amante de mulheres casadas. Não importa que entre mim e aquela dama existisse apenas uma contemplação fugitiva de algumas horas; desde que a minha personalidade ia para ela, a partilha tornava-se-me insuportável. Sou também imaginoso; engenhei logo uma aventura e um aventureiro, dei-me ao prazer mórbido de afligir-me sem motivo nem necessidade. As primas iam adiante, e falavam-me de quando em quando; eu respondia mal, se respondia alguma cousa. Cordialmente, execrava-as.

    Ao chegar à porta de casa, consultei o relógio, como se tivesse alguma cousa que fazer; depois disse às primas que subissem e fossem almoçando. Corri à rua da Misericórdia. Fui primeiro até à Escola de Medicina; depois voltei e vim até à Câmara dos Deputados, então mais devagar, esperando vê-la ao chegar a cada curva da rua; mas nem sombra. Era insensato, não era? Todavia, ainda subi outra vez a rua, porque adverti que, a pé e devagar, mal teria tempo de ir em meio da praia de Santa Luzia, se acaso não parara antes; e aí fui, rua acima e praia fora, até o convento da Ajuda. Não encontrei nada, cousa nenhuma. Nem por isso perdi as esperanças; arrepiei caminho e vim, a passo lento ou apressado, conforme se me afigurava que era possível apanhá-la adiante, ou dar tempo a que saísse de alguma parte. Desde que a minha imaginação reproduzia a dama, todo eu sentia um abalo, como se realmente tivesse de vê-la daí a alguns minutos. Compreendi a emoção dos doudos.

Entretanto, nada. Desci a rua sem achar o menor vestígio da minha incógnita. Felizes os cães, que pelo faro dão com os amigos! Quem sabe se não estaria ali bem perto, no interior de alguma casa, talvez a própria casa dela? Lembrou-me indagar; mas de quem, e como? Um padeiro, encostado ao portal espiava-me; algumas mulheres faziam a mesma cousa enfiando os olhos pelos postigos. Naturalmente desconfiavam do transeunte, do andar vagaroso ou apressado, do olhar inquisidor, do gesto inquieto. Deixei-me ir até à Câmara dos Deputados, e parei uns cinco minutos, sem saber que fizesse. Era perto de meio-dia. Esperei mais dez minutos, depois mais cinco, parado, com a esperança de vê-la; afinal, desesperei e fui almoçar.

Não almocei em casa. Não queria ver os demônios das primas, que me impediram de seguir a dama incógnita. Fui a um hotel. Escolhi uma mesa no fim da sala, e sentei-me de costas para as outras; não queria ser visto nem conversado. Comecei a comer o que me deram. Pedi alguns jornais, mas confesso que não li nada seguidamente, e apenas entendi três quartas partes do que ia lendo. No meio de uma notícia ou de um artigo, escorregava-me o espírito e caía na rua da Misericórdia, à porta da igreja, vendo passar a incógnita, vagarosa, cabisbaixa, apoiando-se no chapelinho de sol.

A última vez que me aconteceu essa separação da *outra* e da *besta*, estava já no café, e tinha diante de mim um discurso parlamentar. Achei-me ainda uma vez à porta da igreja; imaginei então que as primas não estavam comigo, e que eu seguia atrás da bela dama. Assim é que se consolam os preteridos da loteria; assim é que se fartam as ambições malogradas.

Não me peçam minúcias nem preliminares do encontro. Os sonhos desdenham as linhas finas e o acabado das paisagens; contentam-se de quatro ou cinco brochadas grossas, mas representativas. Minha imaginação galgou as dificuldades da primeira fala, e foi direita à rua do Lavradio ou dos Inválidos, à própria casa de Adriana. Chama-se Adriana. Não viera à rua da Misericórdia por motivo de amores, mas a ver alguém, uma parenta ou uma comadre, ou uma costureira. Conheceu-me, e teve igual comoção. Escrevi-lhe; respondeu-me. Nossas pessoas foram uma para a outra por cima de uma multidão de regras morais e de perigos. Adriana é casada; o marido conta cinquenta e dous anos, ela trinta imperfeitos. Não amou nunca, não amou mesmo o marido, com quem casou por obedecer à família. Eu ensinei-lhe ao mesmo tempo o amor e a traição; é o que ela me diz nesta casinha que aluguei fora da cidade, de propósito para nós.

Ouço-a embriagado. Não me enganei; é a mulher ardente e amorosa, qual me diziam os seus olhos, olhos de touro, como os de Juno, grandes e redondos. Vive de mim e para mim. Escrevemo-nos todos os dias; e, apesar disso, quando nos encontramos na casinha, é como se mediara um século. Creio até que o coração dela ensinou-me alguma cousa, embora noviço, ou por isso mesmo. Nesta matéria desaprende-se com o uso e o ignorante é que é douto. Adriana não dissimula a alegria nem as lágrimas; escreve o que pensa, conta o que sente; mostra-me que não somos dois, mas um, tão somente um ente universal, para quem Deus criou o sol e as flores, o papel e a tinta, o correio e as carruagens fechadas.

Enquanto ideava isto, creio que acabei de beber o café; lembra-me que o criado veio à mesa e retirou a xícara e o açucareiro. Não sei se lhe pedi fogo, provavelmente viu-me com o charuto na mão e trouxe-me fósforos.

Não juro, mas penso que acendi o charuto, porque daí a um instante, através de um véu de fumaça, vi a cabeça meiga e enérgica da minha bela Adriana, encostada a um sofá. Eu estou de joelhos, ouvindo-lhe a narração da última rusga do marido. Que ele já desconfia; ela sai muitas vezes, distrai-se, absorve-se, aparece-lhe triste ou alegre, sem motivo, e o marido começa a ameaçá-la. Ameaçá-la de quê? Digo-lhe que, antes de qualquer excesso, era melhor deixá-lo, para viver comigo, publicamente, um para o outro. Adriana escuta-me pensativa, cheia de Eva, namorada do demônio, que lhe sussurra de fora o que o coração lhe diz de dentro. Os dedos afagam-me os cabelos.

— Pois sim! pois sim!

Veio no dia seguinte, consigo mesma, sem marido, sem sociedade, sem escrúpulos, tão somente consigo, e fomos dali viver juntos. Nem ostentação, nem resguardo. Supusemo-nos estrangeiros, e realmente não éramos outra cousa; falávamos uma língua, que nunca ninguém antes falara nem ouvira. Os outros amores eram, desde séculos, verdadeiras contrafações; nós dávamos a edição autêntica. Pela primeira vez, imprimia-se o manuscrito divino, um grosso volume que nós dividíamos em tantos capítulos e parágrafos quantas eram as horas do dia ou os dias da semana. O estilo era tecido de sol e música; a linguagem compunha-se da fina flor dos outros vocabulários. Tudo o que neles existia, meigo ou vibrante, foi extraído pelo autor para formar esse livro único — livro sem índice, porque era infinito — sem margens, para que o fastio não viesse escrever nelas as suas notas, — sem fita, porque já não tínhamos precisão de interromper a leitura e marcar a página.

Uma voz chamou-me à realidade. Era um amigo que acordara tarde, e vinha almoçar. Nem o sonho me deixava esta outra prima de Sapucaia! Cinco minutos depois despedi-me e saí; eram duas horas passadas.

Vexa-me dizer que ainda fui à rua da Misericórdia, mas é preciso narrar tudo: fui e não achei nada. Voltei nos dias seguintes sem outro lucro, além do tempo perdido. Resignei-me a abrir mão da aventura, ou esperar a solução do acaso. As primas achavam-me aborrecido ou doente; não lhes disse que não. Daí a oito dias, foram-se embora, sem me deixar saudades; despedi-me delas como de uma febre maligna.

A imagem da minha incógnita não me deixou durante muitas semanas. Na rua, enganei-me várias vezes. Descobria ao longe uma figura, que era tal qual a outra; picava os calcanhares, até apanhá-la e desenganar-me. Comecei a achar-me ridículo; mas lá vinha uma hora ou um minuto, uma sombra ao longe, e a preocupação revivia. Afinal vieram outros cuidados, e não pensei mais nisso.

No princípio do ano seguinte, fui a Petrópolis; fiz a viagem com um antigo companheiro de estudos, Oliveira, que foi promotor em Minas Gerais, mas abandonara ultimamente a carreira por ter recebido uma herança. Estava alegre como nos tempos da academia; mas de quando em quando calava-se, olhando para fora da barca ou da caleça, com a atonia de quem regala a alma de uma recordação, de uma esperança ou de um desejo. No alto da serra perguntei-lhe para que hotel ia; respondeu que ia para uma casa particular, mas não me disse aonde, e até desconversou. Cuidei que me visitaria no dia seguinte; mas nem me visitou, nem o vi em parte alguma. Outro colega nosso ouvira dizer que ele tinha uma casa para os lados da Renânia.

Nenhuma destas circunstâncias voltaria à memória, se não fosse a notícia que me deram dias depois. Oliveira tirara uma mulher ao marido, e fora refugiar-se com ela em Petrópolis. Deram-me o nome do marido e o dela. O dela era Adriana. Confesso que, embora o nome da outra fosse pura invenção minha, estremeci ao ouvi-lo; não seria a mesma mulher? Vi logo depois que era pedir muito ao acaso. Já faz bastante esse pobre oficial das cousas humanas, concertando alguns fios dispersos; exigir que os reate a todos, e com os mesmos títulos, é saltar da realidade na novela. Assim falou o meu bom senso, e nunca disse tão gravemente uma tolice, pois as duas mulheres eram nada menos que a mesmíssima.

Vi-a três semanas depois, indo visitar o Oliveira, que viera doente da corte. Subimos juntos na véspera; no meio da serra, começou ele a sentir-se incomodado; no alto estava febril. Acompanhei-o no carro até a casa, e não entrei, porque ele dispensou-me o incômodo. Mas no dia seguinte fui vê-lo, um pouco por amizade, outro pouco por avidez de conhecer a incógnita. Vi-a; era ela, era a minha, era a única Adriana.

Oliveira sarou depressa, e, apesar do meu zelo em visitá-lo, não me ofereceu a casa; limitou-se a vir ver-me no hotel. Respeitei-lhe os motivos; mas eles mesmos é que faziam reviver a antiga preocupação. Considerei que, além das razões de decoro, havia da parte dele um sentimento de ciúme, filho de um sentimento de amor, e que um e outro podiam ser a prova de um complexo de qualidades finas e grandes naquela mulher. Isto bastava a transtornar-me; mas a ideia de que a paixão dela não seria menor que a dele, o quadro desse casal que fazia uma só alma e pessoa, excitou em mim todos os nervos da inveja. Baldei esforços para ver se metia o pé na casa; cheguei a falar-lhe do boato que corria; ele sorria e tratava de outra cousa.

Acabou a estação de Petrópolis, e ele ficou. Creio que desceu em julho ou agosto. No fim do ano encontramo-nos casualmente; achei-o um pouco taciturno e preocupado. Vi-o ainda outras vezes, e não me pareceu diferente, a não ser que, além de taciturno, trazia na fisionomia uma longa prega de desgosto. Imaginei que eram efeitos da aventura, e, como não estou aqui para empulhar ninguém, acrescento que tive uma sensação de prazer. Durou pouco; era o demônio que trago em mim, e costuma fazer desses esgares de saltimbanco. Mas castiguei-o depressa, e pus no lugar dele o anjo, que também uso, e que se compadeceu do pobre rapaz, qualquer que fosse o motivo da tristeza.

Um vizinho dele, amigo nosso, contou-me alguma cousa, que me confirmou a suspeita de desgostos domésticos; mas foi ele mesmo quem me disse tudo, um dia, perguntando-lhe eu, estouvadamente,^ o que é que tinha que o mudara tanto.

— Que hei de ter? Imagina tu que comprei um bilhete de loteria, e nem tive, ao menos, o gosto de não tirar nada; tirei um escorpião.

E, como eu franzisse a testa interrogativamente:

— Ah! se soubesses metade só das cousas que me têm acontecido! Tens tempo? Vamos aqui ao Passeio Público.

Entramos no jardim, e metemo-nos por uma das alamedas. Contou-me tudo. Gastou duas horas em desfiar um rosário infinito de misérias. Vi através da narração duas índoles incompatíveis, unidas pelo amor ou pelo pecado, fartas uma da outra, mas condenadas à convivência e ao ódio. Ele nem podia deixá-la nem suportá-la. Nenhuma estima, nenhum respeito, alegria rara e impura; uma vida gorada.

— Gorada, repetia ele, gesticulando afirmativamente com a cabeça. Não tem que ver; a minha vida gorou. Hás de lembrar-te dos nossos planos da academia, quando nos propúnhamos, tu a ministro do império, eu da justiça. Podes guardar as duas pastas; não serei nada, nada. O ovo, que devia dar uma águia, não chega a dar um frango. Gorou completamente. Há ano e meio que ando nisso, e não acho saída nenhuma; perdi a energia...[A]

Seis meses depois, encontrei-o aflito e desvairado. Adriana deixara-o para ir estudar geometria com um estudante da antiga Escola Central. Tanto melhor, disse-lhe eu. Oliveira olhou para o chão envergonhado; despediu-se, e correu em procura dela. Achou-a daí a algumas semanas, disseram as últimas um ao outro, e no fim reconciliaram-se. Comecei então a visitá-los, com a ideia de os separar um do outro. Ela estava ainda bonita e fascinante; as maneiras eram finas e meigas, mas evidentemente de empréstimo, acompanhadas de umas atitudes e gestos, cujo intuito latente era atrair-me e arrastar-me.

Tive medo e retraí-me. Não se mortificou; deitou fora a capa de renda, restituiu-se ao natural. Vi então que era ferrenha, manhosa, injusta, muita vez grosseira; em alguns lances notei-lhe uma nota de perversidade. Oliveira, nos primeiros tempos, para fazer-me crer que mentira ou exagerara, suportava tudo rindo; era a vergonha da própria fraqueza. Mas não pôde guardar a máscara; ela arrancou-lha um dia, sem piedade, denunciando as humilhações em que ele caía, quando eu não estava presente. Tive nojo da mulher e pena do pobre-diabo. Convidei-o abertamente a deixá-la, ele hesitou, mas prometeu que sim.

— Realmente, não posso mais...

Combinamos tudo; mas no momento da separação, não pôde. Ela embebeu-lhe novamente os seus grandes olhos de touro e de basilisco, e desta vez, — ó minhas queridas primas de Sapucaia! — desta vez para só deixá-lo exausto e morto.

Uma senhora

****

Nunca encontro esta senhora que me não lembre a profecia de uma lagartixa ao poeta Heine, subindo os Apeninos: "Dia virá em que as pedras serão plantas, as plantas animais, os animais homens e os homens deuses". E dá-me vontade de dizer-lhe: — A senhora, D. Camila, amou tanto a mocidade e a beleza, que atrasou o seu relógio, a fim de ver se podia fixar esses dois minutos de cristal. Não se desconsole, D. Camila. No dia da lagartixa, a senhora será Hebe, deusa da juventude; a senhora nos dará a beber o néctar da perenidade com as suas mãos eternamente moças.

A primeira vez que a vi, tinha ela trinta e seis anos, posto só parecesse trinta e dous, e não passasse da casa dos vinte e nove. Casa é um modo de dizer. Não há castelo mais vasto do que a vivenda destes bons amigos, nem tratamento mais obsequioso do que o que eles sabem dar às suas hóspedes. Cada vez que D. Camila queria ir-se embora, eles pediam-lhe muito que ficasse, e ela ficava. Vinham então novos folguedos, cavalhadas, música, dança, uma sucessão de cousas belas, inventadas com o único fim de impedir que esta senhora seguisse o seu caminho.

— Mamãe, mamãe, dizia-lhe a filha crescendo, vamos embora, não podemos ficar aqui toda a vida.

D. Camila olhava para ela mortificada, depois sorria, dava-lhe um beijo e mandava-a brincar com as outras crianças. Que outras crianças? Ernestina estava então entre catorze e quinze anos, era muito espigada, muito quieta, com uns modos naturais de senhora. Provavelmente não se divertiria com as meninas de oito e nove anos; não importa, uma vez que deixasse a mãe tranquila, podia alegrar-se ou enfadar-se. Mas, ai triste! há um limite para tudo, mesmo para os vinte e nove anos. D. Camila resolveu, enfim, despedir-se desses dignos anfitriões, e fê-lo ralada de saudades. Eles ainda instaram por uns cinco ou seis meses de quebra; a bela dama respondeu-lhes que era impossível e, trepando no alazão do tempo, foi alojar-se na casa dos trinta.

Ela era, porém, daquela casta de mulheres que riem do sol e dos almanaques. Cor de leite, fresca, inalterável, deixava às outras o trabalho de envelhecer. Só queria o de existir. Cabelo negro, olhos castanhos e cálidos. Tinha as espáduas e o colo feitos de encomenda para os vestidos decotados, e assim também os braços, que eu não digo que eram os da Vênus de Milo, para evitar uma vulgaridade, mas provavelmente não eram outros. D. Camila sabia disto; sabia que era bonita, não só porque lho dizia o olhar sorrateiro das outras damas, como por um certo instinto que a beleza possui, como o talento e o gênio. Resta dizer que era casada, que o marido era ruivo, e que os dois amavam-se como noivos; finalmente, que era honesta. Não o era, note-se bem, por temperamento, mas por princípio, por amor ao marido, e creio que um pouco por orgulho.

Nenhum defeito, pois, exceto o de retardar os anos; mas é isso um defeito? Há, não me lembra em que página da Escritura, naturalmente nos Profetas, uma comparação dos dias com as águas de um rio que não voltam mais. D. Camila queria fazer uma represa para seu uso. No tumulto desta marcha contínua entre o nascimento e a morte, ela apegava-se à ilusão da estabilidade. Só se lhe podia exigir que não fosse ridícula, e não o era. Dir-me-á o leitor que a beleza vive de si mesma, e que a preocupação do calendário mostra que esta senhora vivia principalmente com os olhos na opinião. É verdade; mas como quer que vivam as mulheres do nosso tempo?

D. Camila entrou na casa dos trinta e não lhe custou passar adiante. Evidentemente o terror era uma superstição. Duas ou três amigas íntimas, nutridas de aritmética, continuavam a dizer que ela perdera a conta dos anos. Não advertiam que a natureza era cúmplice no erro, e que aos quarenta anos (verdadeiros), D. Camila trazia um ar de trinta e poucos. Restava um recurso: espiar-lhe o primeiro cabelo branco, um fiozinho de nada, mas branco. Em vão espiavam; o demônio do cabelo parecia cada vez mais negro.

Nisto enganavam-se. O fio branco estava ali; era a filha de D. Camila que entrava nos dezenove anos, e, por mal de pecados, bonita. D. Camila prolongou, quanto pôde, os vestidos adolescentes da filha, conservou-a no colégio até tarde, fez tudo para proclamá-la criança. A natureza, porém, que não é só imoral, mas também ilógica, enquanto sofreava os anos de uma, afrouxava a rédea aos da outra, e Ernestina, moça feita, entrou radiante no primeiro baile. Foi uma revelação. D. Camila adorava a filha; saboreou-lhe a glória a tragos demorados. No fundo do copo achou a gota amarga e fez uma careta. Chegou a pensar na abdicação; mas um grande pródigo de frases feitas disse-lhe que ela parecia a irmã mais velha da filha, e o projeto desfez-se. Foi dessa noite em diante que D. Camila entrou a dizer a todos que casara muito criança.

Um dia, poucos meses depois, apontou no horizonte o primeiro namorado. D. Camila pensara vagamente nessa calamidade, sem encará-la, sem aparelhar-se para a defesa. Quando menos esperava, achou um pretendente à porta. Interrogou a filha; descobriu-lhe um alvoroço indefinível, a inclinação dos vinte anos, e ficou prostrada. Casá-la era o menos; mas, se os seres são como as águas da Escritura, que não voltam mais, é porque atrás deles vêm outros, como atrás das águas outras águas; e, para definir essas ondas sucessivas é que os homens inventaram este nome de netos. D. Camila viu iminente o primeiro neto, e determinou adiá-lo. Está claro que não formulou a resolução, como não formulara a ideia do perigo. A alma entende-se a si mesma; uma sensação vale um raciocínio. As que ela teve foram rápidas, obscuras, no mais íntimo do seu ser, donde não as extraiu para não ser obrigada a encará-las.

— Mas que é que você acha de mau no Ribeiro? perguntou-lhe o marido, uma noite, à janela.

D. Camila levantou os ombros. — Acho-lhe o nariz torto, disse.

— Mau! Você está nervosa; falemos de outra cousa, respondeu o marido. E, depois* de olhar uns dous minutos para a rua, cantarolando na garganta, tornou ao Ribeiro, que achava um genro aceitável, e se lhe pedisse Ernestina, entendia que deviam ceder-lha. Era inteligente e educado. Era também o herdeiro provável de uma tia de Cantagalo. E depois tinha um coração de ouro. Contavam-se dele cousas muito bonitas. Na academia, por exemplo... D. Camila ouviu o resto, batendo

com a ponta do pé no chão e rufando com os dedos
a sonata da impaciência; mas, quando o marido lhe
disse que o Ribeiro esperava um despacho do ministro
de estrangeiros, um lugar para os Estados Unidos, não
pôde ter-se e cortou-lhe a palavra.

— O quê? separar-me de minha filha. Não, senhor.

Em que dose entrara neste grito o amor materno e o
sentimento pessoal, é um problema difícil de resolver,
principalmente agora, longe dos acontecimentos e das
pessoas. Suponhamos que em partes iguais. A verdade
é que o marido não soube que inventar para defender
o ministro de estrangeiros, as necessidades diplomáticas, a fatalidade do matrimônio, e, não achando que
inventar, foi dormir. Dois dias depois veio a nomeação. No terceiro dia, a moça declarou ao namorado que
não a pedisse ao pai, porque não queria separar-se da
família. Era o mesmo que dizer: prefiro a família ao
senhor. É verdade que tinha a voz trêmula e sumida,
e um ar de profunda consternação; mas o Ribeiro viu
tão somente a rejeição, e embarcou. Assim acabou a
primeira aventura.

D. Camila padeceu com o desgosto da filha; mas
consolou-se depressa. Não faltam noivos, refletiu ela.
Para consolar a filha, levou-a a passear a toda parte.
Eram ambas bonitas, e Ernestina tinha a frescura dos
anos; mas a beleza da mãe era mais perfeita, e apesar
dos anos, superava a da filha. Não vamos ao ponto de
crer que o sentimento da superioridade é que animava
D. Camila a prolongar e repetir os passeios. Não: o
amor materno, só por si, explica tudo. Mas concedamos que animasse um pouco. Que mal há nisso? Que
mal há em que um bravo coronel defenda nobremente

a pátria, e as suas dragonas? Nem por isso acaba o amor da pátria e o amor das mães.

Meses depois despontou a orelha de um segundo namorado. Desta vez era um viúvo, advogado, vinte e sete anos. Ernestina não sentiu por ele a mesma emoção que o outro lhe dera; limitou-se a aceitá-lo. D. Camila farejou depressa a nova candidatura. Não podia alegar nada contra ele; tinha o nariz reto como a consciência, e profunda aversão à vida diplomática. Mas haveria outros defeitos, devia haver outros. D. Camila buscou-os com alma; indagou de suas relações, hábitos, passado. Conseguiu achar umas cousinhas miúdas, tão somente a unha da imperfeição humana, alternativas de humor, ausência de graças intelectuais, e, finalmente, um grande excesso de amor-próprio. Foi neste ponto que a bela dama o apanhou. Começou a levantar vagarosamente a muralha do silêncio; lançou primeiro a camada das pausas, mais ou menos longas, depois as frases curtas, depois os monossílabos, as distrações, as absorções, os olhares complacentes, os ouvidos resignados, os bocejos fingidos por trás da ventarola. Ele não entendeu logo; mas, quando reparou que os enfados da mãe coincidiam com as ausências da filha, achou que era ali demais e retirou-se. Se fosse homem de luta, tinha saltado a muralha; mas era orgulhoso e fraco. D. Camila deu graças aos deuses.

Houve um trimestre de respiro. Depois apareceram alguns namoricos de uma noite, insetos efêmeros, que não deixaram história. D. Camila compreendeu que eles tinham de multiplicar-se, até vir algum decisivo que a obrigasse a ceder; mas ao menos, dizia ela a si mesma, queria um genro que trouxesse à filha a mesma felicidade que o marido lhe deu. E, uma vez, ou para robustecer este decreto da vontade, ou por outro motivo, repetiu o conceito em voz alta, embora só ela pudesse ouvi-lo. Tu, psicólogo sutil, podes imaginar que ela queria convencer-se a si mesma; eu prefiro contar o que lhe aconteceu em 186...

Era de manhã. D. Camila estava ao espelho, a janela aberta, a chácara verde e sonora de cigarras e passarinhos. Ela sentia em si a harmonia que a ligava às cousas externas. Só a beleza intelectual é independente e superior. A beleza física é irmã da paisagem. D. Camila saboreava essa fraternidade íntima, secreta, um sentimento de identidade, uma recordação da vida anterior no mesmo útero divino. Nenhuma lembrança desagradável, nenhuma ocorrência vinha turvar essa expansão misteriosa. Ao contrário, tudo parecia embebê-la de eternidade, e os quarenta e dous anos em que ia não lhe pesavam mais do que outras tantas folhas de rosa. Olhava para fora, olhava para o espelho. De repente, como se lhe surdisse uma cobra, recuou aterrada. Tinha visto, sobre a fonte esquerda, um cabelinho branco. Ainda cuidou que fosse do marido; mas reconheceu depressa que não, que era dela mesma, um telegrama da velhice, que aí vinha a marchas forçadas. O primeiro sentimento foi de prostração. D. Camila sentiu faltar-lhe tudo, tudo, viu-se encanecida e acabada no fim de uma semana.

— Mamãe, mamãe, bradou Ernestina, entrando na saleta. Está aqui o camarote que papai mandou.

D. Camila teve um sobressalto de pudor, e instintivamente voltou para a filha o lado que não tinha o fio branco. Nunca a achou tão graciosa e lépida. Fitou-a com saudade. Fitou-a também com inveja, e, para abafar este sentimento mau, pegou no bilhete de camarote. Era para aquela mesma noite. Uma ideia expele outra; D. Camila anteviu-se no meio das luzes e das gentes, e depressa levantou o coração. Ficando só, tornou a olhar para o espelho, e corajosamente arrancou o cabelinho branco, e deitou-o à chácara. *Out, damned spot! Out!* Mais feliz do que a outra *lady* Macbeth, viu assim desaparecer a nódoa no ar, porque no ânimo dela, a velhice era um remorso, e a fealdade um crime. Sai, maldita mancha! sai![16]

Mas, se os remorsos voltam, por que não hão de voltar os cabelos brancos? Um mês depois, D. Camila descobriu outro, insinuado na bela e farta madeixa negra, e amputou-o sem piedade. Cinco ou seis semanas depois, outro. Este terceiro coincidiu com um terceiro candidato à mão da filha, e ambos acharam D. Camila numa hora de prostração. A beleza, que lhe suprira a mocidade, parecia-lhe prestes a ir também, como uma pomba sai em busca da outra. Os dias precipitavam-se. Crianças que ela vira ao colo, ou de carrinho empuxado pelas amas, dançavam agora nos bailes. Os que eram homens fumavam; as mulheres cantavam ao piano. Algumas destas apresentavam-lhe os seus *babies*, gorduchos, uma segunda geração que mamava, à espera de ir bailar também, cantar ou

---

16. "Sai, maldita mancha! sai!" é tradução da fala de lady Macbeth, citada linhas acima em inglês, da cena I do ato V de *Macbeth* (*c.* 1606), tragédia de William Shakespeare. [IL]

fumar, apresentar outros *babies* a outras pessoas, e assim por diante.

D. Camila, apenas tergiversou um pouco, acabou cedendo. Que remédio, senão aceitar um genro? Mas, como um velho costume não se perde de um dia para outro, D. Camila viu paralelamente, naquela festa do coração, um cenário e grande cenário. Preparou-se galhardamente, e o efeito correspondeu ao esforço. Na igreja, no meio de outras damas; na sala, sentada no sofá (o estofo que forrava este móvel, assim como o papel da parede foram sempre escuros para fazer sobressair a tez de D. Camila), vestida a capricho, sem o requinte da extrema juventude, mas também sem a rigidez matronal, um meio-termo apenas, destinado a pôr em relevo as suas graças outoniças, risonha, e feliz, enfim, a recente sogra colheu os melhores sufrágios. Era certo que ainda lhe pendia dos ombros um retalho de púrpura.

Púrpura supõe dinastia. Dinastia exige netos. Restava que o Senhor abençoasse a união, e ele abençoou-a, no ano seguinte. D. Camila acostumara-se à ideia; mas era tão penoso abdicar, que ela aguardava o neto com amor e repugnância. Esse importuno embrião, curioso da vida e pretensioso, era necessário na terra? Evidentemente, não; mas apareceu um dia, com as flores de setembro. Durante a crise, D. Camila só teve de pensar na filha; depois da crise, pensou na filha e no neto. Só dias depois é que pôde pensar em si mesma. Enfim, avó. Não havia duvidar; era avó. Nem as feições que eram ainda concertadas, nem os cabelos, que eram pretos (salvo meia dúzia de fios escondidos), podiam por si sós denunciar a realidade; mas a realidade existia; ela era, enfim, avó.

Quis recolher-se; e para ter o neto mais perto de si, chamou a filha para casa. Mas a casa não era um mosteiro, e as ruas e os jornais com os seus mil rumores acordavam nela os ecos de outro tempo. D. Camila rasgou o ato de abdicação e tornou ao tumulto.

Um dia, encontrei-a ao lado de uma preta, que levava ao colo uma criança de cinco a seis meses. D. Camila segurava na mão o chapelinho de sol aberto para cobrir a criança. Encontrei-a oito dias depois, com a mesma criança, a mesma preta e o mesmo chapéu de sol. Vinte dias depois, e trinta dias mais tarde, tornei a vê-la, entrando para o bonde, com a preta e a criança. — Você já deu de mamar? dizia ela à preta. Olhe o sol. Não vá cair. Não aperte muito o menino. Acordou? Não mexa com ele. Cubra a carinha, etc., etc.

Era o neto. Ela, porém, ia tão apertadinha, tão cuidadosa da criança, tão a miúdo, tão sem outra senhora, que antes parecia mãe do que avó; e muita gente pensava que era mãe. Que tal fosse a intenção de D. Camila não o juro eu. ("Não jurarás", Mat. v, 34.)[17] Tão somente digo que nenhuma outra mãe seria mais desvelada do que D. Camila com o neto; atribuírem-lhe um simples filho era a cousa mais verossímil do mundo.

---

17. Mateus 5,33-4 trata dos juramentos e dos falsos juramentos. Em tradução da Bíblia por Antônio Pereira de Figueiredo, da qual havia um exemplar da edição de 1866 na biblioteca de Machado de Assis: "Não jurarás falso: mas cumprirás ao Senhor os teus juramentos. Eu porém vos digo, que absolutamente não jureis, nem pelo Céu, porque é o Trono de Deus". [HG]

Anedota pecuniária

Chama-se Falcão o meu homem. Naquele dia — catorze de abril de 1870 — quem lhe entrasse em casa, às dez horas da noite, vê-lo-ia passear na sala, em mangas de camisa, calça preta e gravata branca, resmungando, gesticulando, suspirando, evidentemente aflito. Às vezes, sentava-se; outras, encostava-se à janela, olhando para a praia, que era a da Gamboa. Mas, em qualquer lugar ou atitude, demorava-se pouco tempo.

— Fiz mal, dizia ele, muito mal. Tão minha amiga que ela era! tão amorosa! Ia chorando, coitadinha! Fiz mal, muito mal... Ao menos, que seja feliz!

Se eu disser que este homem vendeu uma sobrinha, não me hão de crer; se descer a definir o preço, dez contos de réis, voltar-me-ão as costas com desprezo e indignação. Entretanto, basta ver este olhar felino, estes dois beiços, mestres de cálculo, que, ainda fechados, parecem estar contando alguma cousa, para adivinhar logo que a feição capital do nosso homem é a voracidade do lucro. Entendamo-nos: ele faz arte pela arte, não ama o dinheiro pelo que ele pode dar, mas pelo que é em si mesmo! Ninguém lhe vá falar dos regalos da vida. Não tem cama fofa, nem mesa fina, nem carruagem, nem comenda. Não se ganha dinheiro para esbanjá-lo, dizia ele. Vive de migalhas; tudo o que amontoa é para a contemplação. Vai muitas vezes à burra, que está na alcova de dormir, com o único fim de fartar os olhos nos rolos de ouro e maços de títulos. Outras vezes, por um requinte de erotismo pecuniário, contempla-os só de memória. Neste particular, tudo o que eu pudesse dizer, ficaria abaixo de uma palavra dele mesmo, em 1857.

Já então milionário, ou quase, encontrou na rua dois meninos, seus conhecidos, que lhe perguntaram se uma nota de cinco mil-réis, que lhes dera um tio, era verdadeira. Corriam algumas notas falsas, e os pequenos lembraram-se disso em caminho. Falcão ia com um amigo. Pegou trêmulo na nota, examinou-a bem, virou-a, revirou-a...

— É falsa? perguntou com impaciência um dos meninos.

— Não; é verdadeira.

— Dê cá, disseram ambos.

Falcão dobrou a nota vagarosamente, sem tirar-lhe os olhos de cima; depois, restituiu-a aos pequenos, e, voltando-se para o amigo, que esperava por ele, disse-lhe com a maior candura do mundo:

— Dinheiro, mesmo quando não é da gente, faz gosto ver.

Era assim que ele amava o dinheiro, até à contemplação desinteressada. Que outro motivo podia levá-lo a parar, diante das vitrinas dos cambistas, cinco, dez, quinze minutos, lambendo com os olhos os montes de libras e francos, tão arrumadinhos e amarelos? O mesmo sobressalto com que pegou na nota de cinco mil-réis, era um rasgo sutil, era o terror da nota falsa. Nada aborrecia tanto, como os moedeiros falsos, não por serem criminosos, mas prejudiciais, por desmoralizarem o dinheiro bom.

A linguagem do Falcão valia um estudo. Assim é que, um dia, em 1864, voltando do enterro de um amigo, referiu o esplendor do préstito, exclamando com entusiasmo: — "Pegavam no caixão três mil contos!". E, como um dos ouvintes não o entendesse logo, concluiu do espanto, que duvidava dele, e discriminou a afirmação: — "Fulano quatrocentos, Sicrano seiscentos... Sim, senhor, seiscentos; há dois anos, quando desfez a sociedade com o sogro, ia em mais de quinhentos; mas suponhamos quinhentos...". E foi por diante, demonstrando, somando e concluindo: — "Justamente, três mil contos!".

Não era casado. Casar era botar dinheiro fora. Mas os anos passaram, e aos quarenta e cinco entrou a sentir uma certa necessidade moral, que não compreendeu logo, e era a saudade paterna. Não mulher, não parentes, mas um filho ou uma filha, se ele o tivesse, era como receber um patacão de ouro. Infelizmente, esse outro capital devia ter sido acumulado em tempo; não podia começá-lo a ganhar tão tarde. Restava a loteria; a loteria deu-lhe o prêmio grande.

Morreu-lhe o irmão, e três meses depois a cunhada, deixando uma filha de onze anos. Ele gostava muito desta e de outra sobrinha, filha de uma irmã viúva; dava-lhes beijos, quando as visitava; chegava mesmo ao delírio de levar-lhes, uma ou outra vez, biscoitos. Hesitou um pouco, mas, enfim, recolheu a órfã; era a filha cobiçada. Não cabia em si de contente; durante as primeiras semanas, quase não saía de casa, ao pé dela, ouvindo-lhe histórias e tolices.

Chamava-se Jacinta, e não era bonita; mas tinha a voz melodiosa e os modos fagueiros. Sabia ler e escrever; começava a aprender música. Trouxe o piano consigo, o método e alguns exercícios; não pôde trazer o professor, porque o tio entendeu que era melhor ir praticando o que aprendera, e um dia... mais tarde... Onze anos, doze anos, treze anos, cada ano que passava era mais um vínculo que atava o velho solteirão à filha adotiva, e vice-versa. Aos treze, Jacinta mandava na casa; aos dezessete era verdadeira dona. Não abusou do domínio; era naturalmente modesta, frugal, poupada.

— Um anjo! dizia o Falcão ao Chico Borges.

Este Chico Borges tinha quarenta anos, e era dono de um trapiche. Ia jogar com o Falcão, à noite. Jacinta assistia às partidas. Tinha então dezoito anos; não era mais bonita, mas diziam todos "que estava enfeitando muito". Era pequenina, e o trapicheiro adorava as mulheres pequeninas. Corresponderam-se, o namoro fez-se paixão.

— Vamos a elas, dizia o Chico Borges ao entrar, pouco depois de ave-marias.

As cartas eram o chapéu de sol dos dous namorados. Não jogavam a dinheiro; mas o Falcão tinha tal sede ao lucro, que contemplava os próprios tentos, sem valor, e contava-os de dez em dez minutos, para ver se ganhava ou perdia. Quando perdia, caía-lhe o rosto num desalento incurável, e ele recolhia-se pouco a pouco ao silêncio. Se a sorte teimava em persegui-lo, acabava o jogo, e levantava-se tão melancólico e cego, que a sobrinha e o parceiro podiam apertar a mão, uma, duas, três vezes, sem que ele visse cousa nenhuma.

Era isto em 1869. No princípio de 1870 Falcão propôs ao outro uma venda de ações. Não as tinha; mas farejou uma grande baixa, e contava ganhar de um só lance trinta a quarenta contos ao Chico Borges. Este respondeu-lhe finamente que andava pensando em oferecer-lhe a mesma cousa. Uma vez que ambos queriam vender e nenhum comprar, podiam juntar-se e propor a venda a um terceiro. Acharam o terceiro, e fecharam o contrato a sessenta dias. Falcão estava tão contente, ao voltar do negócio, que o sócio abriu-lhe o coração e pediu-lhe a mão de Jacinta. Foi o mesmo que, se de repente, começasse a falar turco. Falcão parou, embasbacado, sem entender. Que lhe desse a sobrinha? Mas então...

— Sim; confesso a você que estimaria muito casar com ela, e ela... penso que também estimaria casar comigo.

— Qual, nada! interrompeu o Falcão. Não, senhor; está muito criança, não consinto.

— Mas reflita...

— Não reflito, não quero.

Chegou a casa irritado e aterrado. A sobrinha afagou-o tanto para saber o que era, que ele acabou contando tudo, e chamando-lhe esquecida e ingrata. Jacinta empalideceu; amava os dous, e via-os tão dados, que não imaginou nunca esse contraste de afeições. No quarto chorou à larga; depois escreveu uma carta ao Chico Borges pedindo-lhe pelas cinco chagas de Nosso Senhor Jesus Cristo, que não fizesse barulho nem brigasse com o tio; dizia-lhe que esperasse, e jurava-lhe um amor eterno.

Não brigaram os dois parceiros; mas as visitas foram naturalmente mais escassas e frias. Jacinta não vinha à sala, ou retirava-se logo. O terror do Falcão era enorme. Ele amava a sobrinha com um amor de cão, que persegue e morde aos estranhos. Queria-a para si, não como homem, mas como pai. A paternidade natural dá forças para o sacrifício da separação; a paternidade dele era de empréstimo, e, talvez, por isso mesmo, mais egoísta. Nunca pensara em perdê-la; agora, porém, eram trinta mil cuidados, janelas fechadas, advertências à preta, uma vigilância perpétua, um espiar os gestos e os ditos, uma campanha de D. Bartolo.[18]

Entretanto, o sol, modelo de funcionários, continuou a servir pontualmente os dias, um a um, até chegar aos dois meses do prazo marcado para a entrega das ações. Estas deviam baixar, segundo a previsão dos dois; mas as ações, como as loterias e as batalhas, zombam dos cálculos humanos. Naquele caso, além de zombaria, houve crueldade, porque nem baixaram, nem ficaram ao par; subiram até converter o esperado lucro de quarenta contos numa perda de vinte.

Foi aqui que o Chico Borges teve uma inspiração de gênio. Na véspera, quando o Falcão, abatido e mudo, passeava na sala o seu desapontamento, propôs ele custear todo o *deficit*, se lhe desse a sobrinha. Falcão teve um deslumbramento.

— Que eu...?
— Isso mesmo, interrompeu o outro, rindo.
— Não, não...

---

18. O personagem da ópera *O barbeiro de Sevilha* (1816), de Rossini, é um homem ciumento que sonha se casar com a bela Rosina, de quem é tutor, motivo pelo qual a prende em casa, numa tentativa de afastá-la de seu jovem pretendente, o conde de Almaviva. [HG]

Não quis; recusou três e quatro vezes. A primeira impressão fora de alegria, eram os dez contos na algibeira. Mas a ideia de separar-se de Jacinta era insuportável, e recusou. Dormiu mal. De manhã, encarou a situação, pesou as cousas, considerou que, entregando Jacinta ao outro, não a perdia inteiramente, ao passo que os dez contos iam-se embora. E, depois, se ela gostava dele e ele dela, por que razão separá-los? Todas as filhas casam-se, e os pais contentam-se de as ver felizes. Correu à casa do Chico Borges, e chegaram a acordo.

— Fiz mal, muito mal, bradava ele na noite do casamento. Tão minha amiga que ela era! Tão amorosa! Ia chorando, coitadinha... Fiz mal, muito mal.

Cessara o terror dos dez contos; começara o fastio da solidão. Na manhã seguinte, foi visitar os noivos. Jacinta não se limitou a regalá-lo com um bom almoço, encheu-o de mimos e afagos; mas nem estes, nem o almoço lhe restituíram a alegria. Ao contrário, a felicidade dos noivos entristeceu-o mais. Ao voltar para casa não achou a carinha meiga de Jacinta. Nunca mais lhe ouviria as cantigas de menina e moça; não seria ela quem lhe faria o chá, quem lhe traria, à noite, quando ele quisesse ler, o velho tomo ensebado do *Saint-Clair das Ilhas*, dádiva de 1850.

— Fiz mal, muito mal...

Para remediar o malfeito, transferiu as cartas para a casa da sobrinha, e ia lá jogar, à noute, com o Chico Borges. Mas a fortuna, quando flagela um homem, corta-lhe todas as vazas. Quatro meses depois, os recém-casados foram para a Europa; a solidão alargou-se de toda a extensão do mar. Falcão contava então cinquenta e quatro anos. Já estava mais consolado do casamento de Jacinta; tinha mesmo o plano de ir morar com eles, ou de graça, ou mediante uma pequena retribuição, que calculou ser muito mais econômico do que a despesa de viver só. Tudo se esboroou; ei-lo outra vez na situação de oito anos antes, com a diferença que a sorte arrancara-lhe a taça entre dous goles.

Vai senão quando cai-lhe outra sobrinha em casa. Era a filha da irmã viúva, que morreu e lhe pediu a esmola de tomar conta dela. Falcão não prometeu nada, porque um certo instinto o levava a não prometer cousa nenhuma a ninguém, mas a verdade é que recolheu a sobrinha, tão depressa a irmã fechou os olhos. Não teve constrangimento; ao contrário, abriu-lhe as portas de casa, com um alvoroço de namorado, e quase abençoou a morte da irmã. Era outra vez a filha perdida.

— Esta há de fechar-me os olhos, dizia ele consigo.

Não era fácil. Virgínia tinha dezoito anos, feições lindas e originais; era grande e vistosa. Para evitar que lha levassem, Falcão começou por onde acabara da primeira vez: — janelas cerradas, advertências à preta, raros passeios, só com ele e de olhos baixos. Virgínia não se mostrou enfadada. — Nunca fui janeleira, dizia ela, e acho muito feio que uma moça viva com o sentido na rua. Outra cautela do Falcão foi não trazer para casa senão parceiros de cinquenta anos para cima ou casados. Enfim, não cuidou mais da baixa das ações. E tudo isso era desnecessário, porque a sobrinha não cuidava realmente senão dele e da casa. Às vezes, como a vista do tio começava a diminuir muito, lia-lhe ela mesma alguma página do *Saint-Clair das Ilhas*. Para suprir os parceiros, quando eles faltavam, aprendeu a jogar cartas, e, entendendo que o tio gostava de ganhar, deixava-se sempre perder. Ia mais longe: quando perdia muito, fingia-se zangada ou triste, com o único fim de dar ao tio um acréscimo de prazer. Ele ria então à larga, mofava dela, achava-lhe o nariz comprido, pedia um lenço para enxugar-lhe as lágrimas; mas não deixava de contar os seus tentos de dez em dez minutos, e se algum caía no chão (eram grãos de milho) descia a vela para apanhá-lo.

No fim de três meses, Falcão adoeceu. A moléstia não foi grave nem longa; mas o terror da morte apoderou-se-lhe do espírito, e foi então que se pôde ver toda a afeição que ele tinha à moça. Cada visita que se lhe chegava, era recebida com rispidez, ou pelo menos com sequidão. Os mais íntimos padeciam mais, porque ele dizia-lhes brutalmente que ainda não era cadáver, que a carniça ainda estava viva, que os urubus enganavam-se de cheiro, etc. Mas nunca Virgínia achou nele um só instante de mau humor. Falcão obedecia-lhe em tudo, com uma passividade de criança, e quando ria, é porque ela o fazia rir.

— Vamos, tome o remédio, deixe-se disso, vosmecê agora é meu filho...

Falcão sorria e bebia a droga. Ela sentava-se ao pé da cama, contando-lhe histórias, espiava o relógio para dar-lhe os caldos ou a galinha, lia-lhe o sempiterno *Saint-Clair*. Veio a convalescença. Falcão saiu a alguns passeios, acompanhado de Virgínia. A prudência com que esta, dando-lhe o braço, ia mirando as pedras da rua, com medo de encarar os olhos de algum homem, encantava o Falcão.

— Esta há de fechar-me os olhos, repetia ele consigo mesmo. Um dia, chegou a pensá-lo em voz alta: — Não é verdade que você me há de fechar os olhos?

— Não diga tolices!

Conquanto estivesse na rua, ele parou, apertou-lhe muito as mãos, agradecido, não achando que dizer. Se tivesse a faculdade de chorar, ficaria provavelmente com os olhos úmidos. Chegando a casa, Virgínia correu ao quarto para reler uma carta que lhe entregara na véspera uma D. Bernarda, amiga de sua mãe. Era datada de New York, e trazia por única assinatura este nome: Reginaldo. Um dos trechos dizia assim: "Vou daqui no paquete de 25. Espera-me sem falta. Não sei ainda se irei ver-te logo ou não. Teu tio deve lembrar-se de mim; viu-me em casa de meu tio Chico Borges, no dia do casamento de tua prima...".

Quarenta dias depois, desembarcava este Reginaldo, vindo de New York, com trinta anos feitos e trezentos mil dólares ganhos. Vinte e quatro horas depois visitou o Falcão, que o recebeu apenas com polidez. Mas o Reginaldo era fino e prático; atinou com a principal corda do homem, e vibrou-a. Contou-lhe os prodígios de negócio nos Estados Unidos, as hordas de moedas que corriam de um a outro dos dous oceanos. Falcão ouvia deslumbrado, e pedia mais. Então o outro fez-lhe uma extensa computação das companhias e bancos, ações, saldos de orçamento público, riquezas particulares, receita municipal de New York; descreveu-lhe os grandes palácios do comércio...

— Realmente, é um grande país, dizia o Falcão, de quando em quando. E depois de três minutos de reflexão: — Mas, pelo que o senhor conta, só há ouro?

— Ouro só, não; há muita prata e papel; mas ali papel e ouro é a mesma cousa. E moedas de outras nações? Hei de mostrar-lhe uma coleção que trago. Olhe; para ver o que é aquilo basta pôr os olhos em mim. Fui para lá pobre, com vinte e três anos; no fim de sete anos, trago seiscentos contos.

Falcão estremeceu: — Eu, com a sua idade, confessou ele, mal chegaria a cem.

Estava encantado. Reginaldo disse-lhe que precisava de duas ou três semanas, para lhe contar os milagres do dólar.

— Como é que o senhor lhe chama?

— Dólar.

— Talvez não acredite que nunca vi essa moeda.

Reginaldo tirou do bolso do colete um dólar e mostrou-lho. Falcão, antes de lhe pôr a mão, agarrou-o com os olhos. Como estava um pouco escuro, levantou-se e foi até à janela, para examiná-lo bem — de ambos os lados; depois restituiu-o, gabando muito o desenho e a cunhagem, e acrescentando que os nossos antigos patacões eram bem bonitos.

As visitas repetiram-se. Reginaldo assentou de pedir a moça. Esta, porém, disse-lhe que era preciso ganhar primeiro as boas graças do tio; não casaria contra a vontade dele. Reginaldo não desanimou. Tratou de redobrar as finezas; abarrotou o tio de dividendos fabulosos.

— A propósito, o senhor nunca me mostrou a sua coleção de moedas, disse-lhe um dia o Falcão.

— Vá amanhã à minha casa.

Falcão foi. Reginaldo mostrou-lhe a coleção metida num móvel envidraçado por todos os lados. A surpresa de Falcão foi extraordinária; esperava uma caixinha com um exemplar de cada moeda, e achou montes de ouro, de prata, de bronze e de cobre. Falcão mirou-as primeiro de um olhar universal e coletivo; depois, começou a fixá-las especificadamente. Só conheceu as libras, os dólares e os francos; mas o Reginaldo nomeou-as todas: florins, coroas, rublos, dracmas, piastras, pesos, rupias, toda a numismática do trabalho, concluiu ele poeticamente.

— Mas que paciência a sua para ajuntar tudo isto! disse ele.

— Não fui eu que ajuntei, replicou o Reginaldo; a coleção pertencia ao espólio de um sujeito de Filadélfia. Custou-me uma bagatela: — cinco mil dólares.

Na verdade, valia mais. Falcão saiu dali com a coleção na alma; falou dela à sobrinha, e, imaginariamente, desarrumou e tornou a arrumar as moedas, como um amante desgrenha a amante para toucá-la outra vez. De noite sonhou que era um florim, que um jogador o deitava à mesa do *lansquenet*, e que ele trazia consigo para a algibeira do jogador mais de duzentos florins. De manhã, para consolar-se, foi contemplar as próprias moedas que tinha na burra; mas não se consolou nada. O melhor dos bens é o que se não possui.

Dali a dias, estando em casa, na sala, pareceu-lhe ver uma moeda no chão. Inclinou-se a apanhá-la; não era moeda, era uma simples carta. Abriu a carta distraidamente e leu-a espantado: era de Reginaldo a Virgínia...

— Basta! interrompe-me o leitor; adivinho o resto. Virgínia casou com o Reginaldo, as moedas passaram às mãos do Falcão, e eram falsas...

Não, senhor, eram verdadeiras. Era mais moral que, para castigo do nosso homem, fossem falsas; mas, ai de mim! eu não sou Sêneca, não passo de um Suetônio que contaria dez vezes a morte de César, se ele ressuscitasse dez vezes, pois não tornaria à vida, senão para tornar ao império.

Fulano

****

Venha o leitor comigo assistir à abertura do testamento do meu amigo Fulano Beltrão. Conheceu-o? Era um homem de cerca de sessenta anos. Morreu ontem, dous de janeiro de 1884, às onze horas e trinta minutos da noite. Não imagina a força de ânimo que mostrou em toda a moléstia. Caiu na véspera de Finados, e a princípio supúnhamos que não fosse nada; mas a doença persistiu, e ao fim de dous meses e poucos dias a morte o levou.

Eu confesso-lhe que estou curioso de ouvir o testamento. Há de conter por força algumas determinações de interesse geral e honrosas para ele. Antes de 1863 não seria assim, porque até então era um homem muito metido consigo, reservado, morando no caminho do Jardim Botânico, para onde ia de ônibus ou de mula. Tinha a mulher e o filho vivos, a filha solteira, com treze anos. Foi nesse ano que ele começou a ocupar-se com outras cousas, além da família, revelando um espírito universal e generoso. Nada posso afirmar-lhe sobre a causa disto. Creio que foi uma apologia de amigo, por ocasião dele fazer quarenta anos. Fulano Beltrão leu no *Jornal do Commercio*, no dia cinco de março de 1864, um artigo anônimo em que se lhe diziam cousas belas e exatas: — bom pai, bom esposo, amigo pontual, cidadão digno, alma levantada e pura. Que se lhe fizesse justiça, era muito; mas anonimamente, era raro.

— Você verá, disse Fulano Beltrão à mulher, você verá que isto é do Xavier ou do Castro; logo rasgaremos o capote.

Castro e Xavier eram dous habituados da casa, parceiros constantes do voltarete e velhos amigos do meu amigo. Costumavam dizer cousas amáveis, no dia cinco de março, mas era ao jantar, na intimidade da família, entre quatro paredes; impressos, era a primeira vez que ele se benzia com elogios. Pode ser que me engane; mas estou que o espetáculo da justiça, a prova material de que as boas qualidades e as boas ações não morrem no escuro, foi o que animou o meu amigo a dispersar-se, a aparecer, a divulgar-se, a dar à coletividade humana um pouco das virtudes com que nasceu. Considerou que milhares de pessoas estariam lendo o artigo, à mesma hora em que o lia também; imaginou que o comentavam, que interrogavam, que confirmavam, ouviu mesmo, por um fenômeno de alucinação que a ciência há de explicar, e que não é raro, ouviu distintamente algumas vozes do público. Ouviu que lhe chamavam homem de bem, cavalheiro distinto, amigo dos amigos, laborioso, honesto, todos os qualificativos que ele vira empregados em outros, e que na vida de bicho do mato em que ia, nunca presumiu que lhe fossem — tipograficamente — aplicados.

— A imprensa é uma grande invenção, disse ele à mulher.

Foi ela, D. Maria Antônia, quem rasgou o capote; o artigo era do Xavier. Declarou este que só em atenção à dona da casa confessava a autoria; e acrescentou que a manifestação não saíra completa, porque a ideia dele era que o artigo fosse dado em todos os jornais, não o tendo feito por havê-lo acabado às sete horas da noite. Não houve tempo de tirar cópias. Fulano Beltrão emendou essa falta, se falta se lhe podia chamar, mandando transcrever o artigo no *Diário do Rio* e no *Correio Mercantil*.

Quando mesmo, porém, este fato não desse causa à mudança de vida do nosso amigo, fica uma cousa de pé, a saber, que daquele ano em diante, e propriamente do mês de março, é que ele começou a aparecer mais. Era até então um casmurro, que não ia às assembleias das companhias, não votava nas eleições políticas, não frequentava teatros, nada, absolutamente nada. Já naquele mês de março, a vinte e dous ou vinte e três,[A] presenteou a Santa Casa da Misericórdia com um bilhete da grande loteria de Espanha, e recebeu uma honrosa carta do provedor, agradecendo em nome dos pobres. Consultou a mulher e os amigos, se devia publicar a carta ou guardá-la, parecendo-lhe que não a publicar era uma desatenção. Com efeito, a carta foi dada a vinte e seis de março, em todas as folhas, fazendo uma delas comentários desenvolvidos acerca da piedade do doador. Das pessoas que leram esta notícia, muitas naturalmente ainda se lembravam do artigo do Xavier, e ligaram as duas ocorrências: "Fulano Beltrão é aquele mesmo que, etc.", primeiro alicerce da reputação de um homem.

É tarde, temos de ir ouvir o testamento, não posso estar a contar-lhe tudo. Digo-lhe sumariamente que as injustiças da rua começaram a ter nele um vingador ativo e discursivo; que as misérias, principalmente as misérias dramáticas, filhas de um incêndio ou inundação, acharam no meu amigo a iniciativa dos socorros que, em tais casos, devem ser prontos e públicos. Ninguém como ele para um desses movimentos. Assim também com as alforrias de escravos. Antes da lei de 28 de setembro de 1871, era muito comum aparecerem na praça do Comércio crianças escravas, para cuja liberdade se pedia o favor dos negociantes. Fulano Beltrão iniciava três quartas partes das subscrições, com tal êxito, que em poucos minutos ficava o preço coberto.

A justiça que se lhe fazia, animava-o, e até lhe trazia lembranças que, sem ela, é possível que nunca lhe tivessem acudido. Não falo do baile que ele deu para celebrar a vitória de Riachuelo, porque era um baile planeado antes de chegar a notícia da batalha, e ele não fez mais do que atribuir-lhe um motivo mais alto do que a simples recreação de família, meter o retrato do almirante Barroso no meio de um troféu de armas navais e bandeiras no salão de honra, em frente ao retrato do imperador, e fazer, à ceia, alguns brindes patrióticos, como tudo consta dos jornais de 1865.

Mas aqui vai, por exemplo, um caso bem característico da influência que a justiça dos outros pode ter no nosso procedimento. Fulano Beltrão vinha um dia do Tesouro,[a] aonde tinha ido tratar de umas décimas. Ao passar pela igreja da Lampadosa, lembrou-se que fora ali batizado; e nenhum homem tem uma recordação destas, sem remontar o curso dos anos e dos acontecimentos, deitar-se outra vez no colo materno, rir e brincar, como nunca mais se ri nem brinca. Fulano Beltrão não escapou a este efeito; atravessou o adro, entrou na igreja, tão singela, tão modesta, e para ele tão rica e linda. Ao sair, tinha uma resolução feita, que pôs por obra dentro de poucos dias: mandou de presente à Lampadosa um soberbo castiçal de prata, com duas datas, além do nome do doador — a data da doação e a do batizado. Todos os jornais deram esta notícia, e até a receberam em duplicata, porque a administração da igreja entendeu (com muita razão) que também lhe cumpria divulgá-la aos quatro ventos.

No fim de três anos, ou menos, entrara o meu amigo nas cogitações públicas; o nome dele era lembrado, mesmo quando nenhum sucesso recente vinha sugeri-lo, e não só lembrado como adjetivado. Já se lhe notava a ausência em alguns lugares. Já o iam buscar para outros. D. Maria Antônia via assim entrar-lhe no Éden a serpente bíblica, não para tentá-la, mas para tentar a Adão. Com efeito, o marido ia a tantas partes, cuidava de tantas cousas, mostrava-se tanto na rua do Ouvidor, à porta do Bernardo,[19] que afrouxou a convivência antiga da casa. D. Maria Antônia disse-lho. Ele concordou que era assim, mas demonstrou-lhe que não podia ser de outro modo, e, em todo caso, se mudara de costumes, não mudara de sentimentos. Tinha obrigações morais com a sociedade; ninguém se pertence exclusivamente; daí um pouco de dispersão dos seus cuidados. A verdade é que tinham vivido demasiadamente reclusos; não era justo nem bonito. Não era mesmo conveniente; a filha caminhava para a idade do matrimônio, e casa fechada cria morrinha de convento; por exemplo, um carro, por que é que não teriam um carro? D. Maria Antônia sentiu um arrepio de prazer, mas curto; protestou logo, depois de um minuto de reflexão.

19. Dono de uma famosa loja na rua do Ouvidor, como lembra Machado de Assis em uma crônica: "Uma das últimas figuras desaparecidas foi o Bernardo, o perpétuo Bernardo, cujo nome achei ligado aos charutos do duque de Caxias, que tinha fama de os fumar únicos, ou quase únicos" ("A Semana", *Gazeta de Notícias*, Rio de Janeiro, 8 out. 1893; incluída em 1899 em *Páginas recolhidas* com o título "Garnier"). [IL]

— Não; carro para quê? Não; deixemo-nos de carro.
— Já está comprado, mentiu o marido.

Mas aqui chegamos ao juízo da provedoria. Não veio ainda ninguém; esperemos à porta. Tem pressa? São vinte minutos no máximo. Pois é verdade, comprou uma linda vitória; e, para quem, só por modéstia, andou tantos anos às costas de mula ou apertado num ônibus, não era fácil acostumar-se logo ao novo veículo. A isso atribuo eu as atitudes salientes e inclinadas com que ele andava, nas primeiras semanas, os olhos que estendia a um lado e outro, à maneira de pessoa que procura alguém ou uma casa. Afinal acostumou-se; passou a usar das atitudes reclinadas, embora sem um certo sentimento de indiferença ou despreocupação, que a mulher e a filha tinham muito bem, talvez por serem mulheres. Elas, aliás, não gostavam de sair de carro; mas ele teimava tanto que saíssem, que fossem a toda a parte, e até a parte nenhuma, que não tinham remédio senão obedecer-lhe; e, na rua, era sabido, mal vinha ao longe a ponta do vestido de duas senhoras, e na almofada um certo cocheiro, toda a gente dizia logo: — aí vem a família de Fulano Beltrão. E isto mesmo, sem que ele talvez o pensasse, tornava-o mais conhecido.

No ano de 1868 deu entrada na política. Sei do ano porque coincidiu com a queda dos liberais e a subida dos conservadores. Foi em março ou abril de 1868 que ele declarou aderir à situação, não à socapa, mas estrepitosamente. Este foi, talvez, o ponto mais fraco da vida do meu amigo. Não tinha ideias políticas; quando muito, dispunha de um desses temperamentos que substituem as ideias, e fazem crer que um homem pensa, quando simplesmente transpira. Cedeu, porém, a uma alucinação de momento. Viu-se na câmara vibrando um aparte, ou inclinado sobre a balaustrada, em conversa com o presidente do conselho, que sorria para ele, numa intimidade grave de governo. E aí é que a galeria, na exata acepção do termo, tinha de o contemplar. Fez tudo o que pôde para entrar na câmara; a meio caminho caiu a situação. Voltando do atordoamento, lembrou-se de afirmar ao Itaboraí o contrário do que dissera ao Zacarias,[20] ou antes a mesma cousa; mas perdeu a eleição, e deu de mão à política. Muito mais acertado andou, metendo-se na questão da maçonaria com os prelados. Deixara-se estar quedo, a princípio; por um lado, era maçom; por outro, queria respeitar os sentimentos religiosos da mulher. Mas o conflito tomou tais proporções que ele não podia ficar calado; entrou nele com o ardor, a expansão, a publicidade que metia em tudo; celebrou reuniões em que falou muito da liberdade de consciência e do direito que assistia ao maçom de enfiar uma opa; assinou protestos, representações, felicitações, abriu a bolsa e o coração, escancaradamente.

Morreu-lhe a mulher em 1878. Ela pediu-lhe que a enterrasse sem aparato, e ele assim o fez, porque a amava deveras e tinha a sua última vontade como um decreto do céu. Já então perdera o filho; e a filha, casada, achava-se na Europa. O meu amigo dividiu a dor com o público; e, se enterrou a mulher sem aparato,

20. Com a "queda dos liberais e a subida dos conservadores", referida no conto, o liberal Zacarias de Góis e Vasconcelos (1815-77), presidente do Conselho de Ministros, foi sucedido em 1868 pelo conservador Joaquim José Rodrigues Torres (1802-72), o visconde de Itaboraí. [IL]

não deixou de lhe mandar esculpir na Itália um magnífico mausoléu, que esta cidade admirou exposto, na rua do Ouvidor, durante perto de um mês. A filha ainda veio assistir à inauguração. Deixei de os ver uns quatro anos. Ultimamente surgiu a doença, que no fim de pouco mais de dous meses o levou desta para a melhor. Note que, até começar a agonia, nunca perdeu a razão nem a força d'alma. Conversava com as visitas, mandava-as relacionar, não esquecia mesmo noticiar às que chegavam, as que acabavam de sair; cousa inútil, porque uma folha amiga publicava-as todas. Na manhã do dia em que morreu ainda ouviu ler os jornais, e num deles uma pequena comunicação relativamente à sua moléstia, o que de algum modo pareceu reanimá-lo. Mas para a tarde enfraqueceu um pouco; à noite expirou.

Vejo que está aborrecido. Realmente demoram-se... Espere; creio que são eles. São; entremos. Cá está o nosso magistrado, que começa a ler o testamento. Está ouvindo? Não era preciso esta minuciosa genealogia, excedente das práticas tabelioas; mas isto mesmo de contar a família desde o quarto avô prova o espírito exato e paciente do meu amigo. Não esquecia nada. O cerimonial do saimento é longo e complicado, mas bonito. Começa agora a lista dos legados. São todos pios; alguns industriais. Vá vendo a alma do meu amigo. Trinta contos...

Trinta contos para quê? Para servir de começo a uma subscrição pública destinada a erigir uma estátua a Pedro Álvares Cabral. "Cabral, diz ali o testamento, não pode ser olvidado dos brasileiros, foi o precursor do nosso império." Recomenda que a estátua seja de bronze, com quatro medalhões no pedestal, a saber, o retrato do bispo Coutinho, presidente da Constituinte, o de Gonzaga, chefe da conjuração mineira, e o de dous cidadãos da presente geração "notáveis por seu patriotismo e liberalidade" à escolha da comissão, que ele mesmo nomeou para levar a empresa a cabo.

Que ela se realize, não sei; falta-nos a perseverança do fundador da verba. Dado, porém, que a comissão se desempenhe da tarefa, e que este sol americano ainda veja erguer-se a estátua de Cabral, é da nossa honra que ele contemple num dos medalhões o retrato do meu finado amigo. Não lhe parece? Bem, o magistrado acabou, vamos embora.

A segunda vida

****

Monsenhor Caldas interrompeu a narração do desconhecido: — Dá licença? é só um instante. Levantou-se, foi ao interior da casa, chamou o preto velho que o servia, e disse-lhe em voz baixa:

— João, vai ali à estação de urbanos, fala da minha parte ao comandante, e pede-lhe que venha cá com um ou dous homens, para livrar-me de um sujeito doudo. Anda, vai depressa.

E, voltando à sala:

— Pronto, disse ele; podemos continuar.

— Como ia dizendo a Vossa Reverendíssima, morri no dia vinte de março de 1860, às cinco horas e quarenta e três minutos da manhã. Tinha então sessenta e oito anos de idade. Minha alma voou pelo espaço, até perder a terra de vista, deixando muito abaixo a lua, as estrelas e o sol; penetrou finalmente num espaço em que não havia mais nada, e era clareado tão somente por uma luz difusa. Continuei a subir, e comecei a ver um pontinho mais luminoso ao longe, muito longe. O ponto cresceu, fez-se sol. Fui por ali dentro, sem arder, porque as almas são incombustíveis. A sua pegou fogo alguma vez?

— Não, senhor.

— São incombustíveis. Fui subindo, subindo; na distância de quarenta mil léguas, ouvi uma deliciosa música, e logo que cheguei a cinco mil léguas, desceu um enxame de almas, que me levaram num palanquim feito de éter e plumas. Entrei daí a pouco no novo sol, que é o planeta dos virtuosos da terra. Não sou poeta, monsenhor; não ouso descrever-lhe as magnificências daquela estância divina. Poeta que fosse, não poderia, usando a linguagem humana, transmitir-lhe a emoção da grandeza, do deslumbramento, da felicidade, os êxtases, as melodias, os arrojos de luz e cores, uma cousa indefinível e incompreensível. Só vendo. Lá dentro é que soube que completava mais um milheiro de almas; tal era o motivo das festas extraordinárias que me fizeram, e que duraram dous séculos, ou, pelas nossas contas, quarenta e oito horas. Afinal, concluídas as festas, convidaram-me a tornar à terra para cumprir uma vida nova; era o privilégio de cada alma que completava um milheiro. Respondi agradecendo e recusando, mas não havia recusar. Era uma lei eterna. A única liberdade que me deram foi a escolha do veículo; podia nascer príncipe ou condutor de ônibus. Que fazer? Que faria Vossa Reverendíssima no meu lugar?

— Não posso saber; depende...

— Tem razão; depende das circunstâncias. Mas imagine que as minhas eram tais que não me davam gosto a tornar cá. Fui vítima da inexperiência, monsenhor, tive uma velhice ruim, por essa razão. Então lembrou-me que sempre ouvira dizer a meu pai e outras pessoas mais velhas, quando viam algum rapaz: — "Quem me dera aquela idade, sabendo o que sei hoje!". Lembrou-me isto, e declarei que me era indiferente nascer mendigo ou potentado, com a condição de nascer experiente. Não imagina o riso universal com que me ouviram. Jó, que ali preside a província dos pacientes, disse-me que um tal desejo era disparate; mas eu teimei e venci. Daí a pouco escorreguei no espaço; gastei nove meses a atravessá-lo até cair nos braços de uma ama de leite, e chamei-me José Maria. Vossa Reverendíssima é Romualdo, não?

— Sim, senhor; Romualdo de Sousa Caldas.
— Será parente do padre Sousa Caldas?[21]
— Não, senhor.
— Bom poeta o padre Caldas. Poesia é um dom; eu nunca pude compor uma décima. Mas, vamos ao que importa. Conto-lhe primeiro o que me sucedeu; depois lhe direi o que desejo de Vossa Reverendíssima. Entretanto, se me permitisse ir fumando...

Monsenhor Caldas fez um gesto de assentimento, sem perder de vista a bengala que José Maria conservava atravessada sobre as pernas. Este preparou vagarosamente um cigarro. Era um homem de trinta e poucos anos, pálido, com um olhar ora mole e apagado, ora inquieto e centelhante. Apareceu ali, tinha o padre acabado de almoçar, e pediu-lhe uma entrevista para negócio grave e urgente. Monsenhor fê-lo entrar e sentar-se; no fim de dez minutos, viu que estava com um lunático. Perdoava-lhe a incoerência das ideias ou o assombroso das invenções; pode ser até que lhe servissem de estudo. Mas o desconhecido teve um assomo de raiva, que meteu medo ao pacato clérigo. Que podiam fazer ele e o preto, ambos velhos, contra qualquer agressão de um homem forte e louco? Enquanto esperava o auxílio policial, monsenhor Caldas desfazia-se em sorrisos e assentimentos de cabeça,

---

21. O padre Antônio Pereira de Sousa Caldas (1762-1814) foi um sacerdote católico, poeta e orador sacro, do Rio de Janeiro. Entre suas obras, estão os *Salmos de Davi vertidos em ritmo português* (1820). [IL]

espantava-se com ele, alegrava-se com ele, política útil com os loucos, as mulheres e os potentados. José Maria acendeu finalmente o cigarro, e continuou:

— Renasci em cinco de janeiro de 1861. Não lhe digo nada da nova meninice, porque aí a experiência teve só uma forma instintiva. Mamava pouco; chorava o menos que podia para não apanhar pancada. Comecei a andar tarde, por medo de cair, e daí me ficou uma tal ou qual fraqueza nas pernas. Correr e rolar, trepar nas árvores, saltar paredões, trocar murros, cousas tão úteis, nada disso fiz, por medo de contusão e sangue. Para falar com franqueza, tive uma infância aborrecida, e a escola não o foi menos. Chamavam-me tolo e moleirão. Realmente, eu vivia fugindo de tudo. Creia que durante esse tempo não escorreguei, mas também não corria nunca. Palavra, foi um tempo de aborrecimento; e, comparando as cabeças quebradas de outro tempo com o tédio de hoje, antes as cabeças quebradas. Cresci; fiz-me rapaz, entrei no período dos amores... Não se assuste; serei casto, como a primeira ceia. Vossa Reverendíssima sabe o que é uma ceia de rapazes e mulheres?

— Como quer que saiba?...

— Tinha dezenove anos, continuou José Maria, e não imagina o espanto dos meus amigos, quando me declarei pronto a ir a uma tal ceia... Ninguém esperava tal cousa de um rapaz tão cauteloso, que fugia de tudo, dos sonos atrasados, dos sonos excessivos, de andar sozinho a horas mortas, que vivia, por assim dizer, às apalpadelas. Fui à ceia; era no Jardim Botânico, obra esplêndida. Comidas, vinhos, luzes, flores, alegria dos rapazes, os olhos das damas, e, por cima de tudo, um apetite de vinte anos. Há de crer que não comi nada? A lembrança de três indigestões apanhadas quarenta anos antes, na primeira vida, fez-me recuar. Menti dizendo que estava indisposto. Uma das damas veio sentar-se à minha direita, para curar-me; outra levantou-se também, e veio para a minha esquerda, com o mesmo fim. Você cura de um lado, eu curo do outro, disseram elas. Eram lépidas, frescas, astuciosas, e tinham fama de devorar o coração e a vida dos rapazes. Confesso-lhe que fiquei com medo e retraí-me. Elas fizeram tudo, tudo; mas em vão. Vim de lá de manhã, apaixonado por ambas, sem nenhuma delas, e caindo de fome. Que lhe parece? concluiu José Maria pondo as mãos nos joelhos, e arqueando os braços para fora.

— Com efeito...

— Não lhe digo mais nada; Vossa Reverendíssima adivinhará o resto. A minha segunda vida é assim uma mocidade expansiva e impetuosa, enfreada por uma experiência virtual e tradicional. Vivo como Eurico, atado ao próprio cadáver...[22] Não, a comparação não é boa. Como lhe parece que vivo?

— Sou pouco imaginoso. Suponho que vive assim como um pássaro, batendo as asas e amarrado pelos pés...

— Justamente. Pouco imaginoso? Achou a fórmula; é isso mesmo. Um pássaro, um grande pássaro, batendo as asas, assim...

---

22. Referência ao protagonista de *Eurico, o presbítero* (1844), romance de Alexandre Herculano, um dos fundadores do romantismo português e grande admiração literária de Machado de Assis. [HG]

José Maria ergueu-se, agitando os braços, à maneira de asas. Ao erguer-se, caiu-lhe a bengala no chão; mas ele não deu por ela. Continuou a agitar os braços, em pé, defronte do padre, e a dizer que era isso mesmo, um pássaro, um grande pássaro... De cada vez que batia os braços nas coxas, levantava os calcanhares, dando ao corpo uma cadência de movimentos, e conservava os pés unidos, para mostrar que os tinha amarrados. Monsenhor aprovava de cabeça; ao mesmo tempo afiava as orelhas para ver se ouvia passos na escada. Tudo silêncio. Só lhe chegavam os rumores de fora: — carros e carroças que desciam, quitandeiras apregoando legumes, e um piano da vizinhança. José Maria sentou-se finalmente, depois de apanhar a bengala, e continuou nestes termos:

— Um pássaro, um grande pássaro. Para ver quanto é feliz a comparação, basta a aventura que me traz aqui, um caso de consciência, uma paixão, uma mulher, uma viúva, D. Clemência. Tem vinte e seis anos, uns olhos que não acabam mais, não digo no tamanho, mas na expressão, e duas pinceladas de buço, que lhe completam a fisionomia. É filha de um professor jubilado. Os vestidos pretos ficam-lhe tão bem que eu às vezes digo-lhe rindo que ela não enviuvou senão para andar de luto. Caçoadas! Conhecemo-nos há um ano, em casa de um fazendeiro de Cantagalo. Saímos namorados um do outro. Já sei o que me vai perguntar: por que é que não nos casamos, sendo ambos livres...

— Sim, senhor.

— Mas, homem de Deus! é essa justamente a matéria da minha aventura. Somos livres, gostamos um do outro, e não nos casamos: tal é a situação tenebrosa que venho expor a Vossa Reverendíssima, e que a sua teologia ou o que quer que seja, explicará, se puder. Voltamos para a Corte namorados. Clemência morava com o velho pai, e um irmão empregado no comércio; relacionei-me com ambos, e comecei a frequentar a casa, em Matacavalos. Olhos, apertos de mão, palavras soltas, outras ligadas, uma frase, duas frases, e estávamos amados e confessados. Uma noite, no patamar da escada, trocamos o primeiro beijo... Perdoe estas cousas, monsenhor; faça de conta que me está ouvindo de confissão. Nem eu lhe digo isto senão para acrescentar que saí dali tonto, desvairado, com a imagem de Clemência na cabeça e o sabor do beijo na boca. Errei cerca de duas horas, planeando uma vida única; determinei pedir-lhe a mão no fim da semana, e casar daí a um mês. Cheguei às derradeiras minúcias, cheguei a redigir e ornar de cabeça as cartas de participação. Entrei em casa depois de meia-noite, e toda essa fantasmagoria voou, como as mutações à vista nas antigas peças de teatro. Veja se adivinha como.

— Não alcanço...

— Considerei, no momento de despir o colete, que o amor podia acabar depressa; tem-se visto algumas vezes. Ao descalçar as botas, lembrou-me cousa pior: — podia ficar o fastio. Concluí a *toilette* de dormir, acendi um cigarro, e, reclinado no canapé, pensei que o costume, a convivência, podia salvar tudo; mas, logo depois adverti que as duas índoles podiam ser incompatíveis; e que fazer com duas índoles incompatíveis e inseparáveis? Mas, enfim, dei de barato tudo isso, porque a paixão era grande, violenta; considerei-me casado, com uma linda criancinha... Uma? duas, seis, oito; podiam vir oito, podiam vir dez; algumas aleijadas. Também podia vir uma crise, duas crises, falta de dinheiro, penúria, doenças; podia vir alguma dessas afeições espúrias que perturbam a paz doméstica... Considerei tudo e concluí que o melhor era não casar. O que não lhe posso contar é o meu desespero; faltam-me expressões para lhe pintar o que padeci nessa noite... Deixa-me fumar outro cigarro?

Não esperou resposta, fez o cigarro, e acendeu-o. Monsenhor não podia deixar de admirar-lhe a bela cabeça, no meio do desalinho próprio do estado; ao mesmo tempo notou que ele falava em termos polidos, e, que apesar dos rompantes mórbidos, tinha maneiras. Quem diabo podia ser esse homem? José Maria continuou a história, dizendo que deixou de ir à casa de Clemência, durante seis dias, mas não resistiu às cartas e às lágrimas. No fim de uma semana correu para lá, e confessou-lhe tudo, tudo. Ela ouviu-o com muito interesse, e quis saber o que era preciso para acabar com tantas cismas, que prova de amor queria que ela lhe desse. — A resposta de José Maria foi uma pergunta.

— Está disposta a fazer-me um grande sacrifício? disse-lhe eu. Clemência jurou que sim. "Pois bem, rompa com tudo, família e sociedade; venha morar comigo; casamo-nos depois desse noviciado." Compreendo que Vossa Reverendíssima arregale os olhos. Os dela encheram-se de lágrimas; mas, apesar de humilhada, aceitou tudo. Vamos; confesse que sou um monstro.

— Não, senhor...

— Como não? Sou um monstro. Clemência veio para minha casa, e não imagina as festas com que a recebi. "Deixo tudo, disse-me ela; você é para mim o universo."

Eu beijei-lhe os pés, beijei-lhe os tacões dos sapatos. Não imagina o meu contentamento. No dia seguinte, recebi uma carta tarjada de preto; era a notícia da morte de um tio meu, em Santana do Livramento, deixando-me vinte mil contos. Fiquei fulminado. "Entendo, disse a Clemência, você sacrificou tudo, porque tinha notícia da herança." Desta vez, Clemência não chorou, pegou em si e saiu. Fui atrás dela, envergonhado, pedi-lhe perdão; ela resistiu. Um dia, dous dias, três dias, foi tudo vão; Clemência não cedia nada, não falava sequer. Então declarei-lhe que me mataria; comprei um revólver, fui ter com ela, e apresentei-lho: é este.

Monsenhor Caldas empalideceu. José Maria mostrou-lhe o revólver, durante alguns segundos, tornou a metê-lo na algibeira, e continuou:

— Cheguei a dar um tiro. Ela, assustada, desarmou-me e perdoou-me. Ajustamos precipitar o casamento, e, pela minha parte, impus uma condição: doar os vinte mil contos à Biblioteca Nacional. Clemência atirou-se-me aos braços, e aprovou-me com um beijo. Dei os vinte mil contos. Há de ter lido nos jornais... Três semanas depois casamo-nos. Vossa Reverendíssima respira como quem chegou ao fim. Qual! Agora é que chegamos ao trágico. O que posso fazer é abreviar umas particularidades e suprimir outras; restrinjo-me a Clemência. Não lhe falo de outras emoções truncadas, que são todas as minhas, abortos de prazer, planos que se esgarçam no ar, nem das ilusões de saia rota, nem do tal pássaro... plás... plás... plás...

E, de um salto, José Maria ficou outra vez de pé, agitando os braços, e dando ao corpo uma cadência. Monsenhor Caldas começou a suar frio. No fim de alguns segundos, José Maria parou, sentou-se, e reatou a narração, agora mais difusa, mais derramada, evidentemente mais delirante. Contava os sustos em que vivia, desgostos e desconfianças. Não podia comer um figo às dentadas, como outrora; o receio do bicho diminuía-lhe o sabor. Não cria nas caras alegres da gente que ia pela rua: preocupações, desejos, ódios, tristezas, outras cousas, iam dissimuladas por umas três quartas partes delas. Vivia a temer um filho cego ou surdo-mudo, ou tuberculoso, ou assassino, etc. Não conseguia dar um jantar que não ficasse triste logo depois da sopa, pela ideia de que uma palavra sua, um gesto da mulher, qualquer falta de serviço podia sugerir o epigrama digestivo, na rua, debaixo de um lampião. A experiência dera-lhe o terror de ser empulhado. Confessava ao padre que, realmente, não tinha até agora lucrado nada; ao contrário, perdera até, porque fora levado ao sangue... Ia contar-lhe o caso do sangue. Na véspera, deitara-se cedo, e sonhou... Com quem pensava o padre que ele sonhou?

— Não atino...

— Sonhei que o Diabo lia-me o Evangelho. Chegando ao ponto em que Jesus fala dos lírios do campo, o Diabo colheu alguns e deu-mos. "Toma, disse-me ele; são os lírios da Escritura; segundo ouviste, nem Salomão em toda a pompa, pode ombrear com eles. Salomão é a sapiência. E sabes o que são estes lírios, José? São os teus vinte anos." Fitei-os encantado; eram lindos como não imagina. O Diabo pegou deles, cheirou-os e disse-me que os cheirasse também. Não lhe digo nada; no momento de os chegar ao nariz, vi sair de dentro um réptil fedorento e torpe, dei um grito, e arrojei para longe as flores. Então, o Diabo, escancarando uma formidável gargalhada: "José Maria, são os teus vinte anos". Era uma gargalhada assim: — cá, cá, cá, cá, cá...

José Maria ria à solta, ria de um modo estridente e diabólico. De repente, parou; levantou-se, e contou que, tão depressa abriu os olhos, como viu a mulher diante dele, aflita e desgrenhada. Os olhos de Clemência eram doces, mas ele disse-lhe que os olhos doces também fazem mal. Ela arrojou-se-lhe aos pés... Neste ponto a fisionomia de José Maria estava tão transtornada que o padre, também de pé, começou a recuar, trêmulo e pálido. "Não, miserável! não! tu não me fugirás!" bradava José Maria investindo para ele. Tinha os olhos esbugalhados, as têmporas latejantes; o padre ia recuando... recuando... Pela escada acima ouvia-se um rumor de espadas e de pés.

Noite de almirante

****

Deolindo Venta-Grande (era uma alcunha de bordo) saiu do arsenal de marinha e enfiou pela rua de Bragança. Batiam três horas da tarde. Era a fina flor dos marujos e, de mais, levava um grande ar de felicidade nos olhos. A corveta dele voltou de uma longa viagem de instrução, e Deolindo veio a terra tão depressa alcançou licença. Os companheiros disseram-lhe, rindo:

— Ah! Venta-Grande! Que noite de almirante vai você passar! ceia, viola e os braços de Genoveva. Colozinho de Genoveva...

Deolindo sorriu. Era assim mesmo, uma noite de almirante, como eles dizem, uma dessas grandes noites de almirante que o esperava em terra. Começara a paixão três meses antes de sair a corveta. Chamava-se Genoveva, caboclinha de vinte anos, esperta, olho negro e atrevido. Encontraram-se em casa de terceiro e ficaram morrendo um pelo outro, a tal ponto que estiveram prestes a dar uma cabeçada, ele deixaria o serviço e ela o acompanharia para a vila mais recôndita do interior.

A velha Inácia, que morava com ela, dissuadiu-os disso; Deolindo não teve remédio senão seguir em viagem de instrução. Eram oito ou dez meses de ausência. Como fiança recíproca, entenderam dever fazer um juramento de fidelidade.

— Juro por Deus que está no céu. E você?
— Eu também.
— Diz direito.

— Juro por Deus que está no céu; a luz me falte na hora da morte.

Estava celebrado o contrato. Não havia descrer da sinceridade de ambos; ela chorava doudamente, ele mordia o beiço para dissimular. Afinal separaram-se, Genoveva foi ver sair a corveta e voltou para casa com um tal aperto no coração que parecia que "lhe ia dar uma cousa". Não lhe deu nada, felizmente; os dias foram passando, as semanas, os meses, dez meses, ao cabo dos quais, a corveta tornou e Deolindo com ela.

Lá vai ele agora, pela rua de Bragança, Prainha e Saúde, até ao princípio da Gamboa, onde mora Genoveva. A casa é uma rotulazinha escura, portal rachado do sol, passando o cemitério dos ingleses; lá deve estar Genoveva, debruçada à janela, esperando por ele. Deolindo prepara uma palavra que lhe diga. Já formulou esta: "jurei e cumpri",[A] mas procura outra melhor. Ao mesmo tempo lembra as mulheres que viu por esse mundo de Cristo, italianas, marselhesas ou turcas, muitas delas bonitas, ou que lhe pareciam tais. Concorda que nem todas seriam para os beiços dele, mas algumas eram, e nem por isso fez caso de nenhuma. Só pensava em Genoveva. A mesma casinha dela, tão pequenina, e a mobília de pé quebrado, tudo velho e pouco, isso mesmo lhe lembrava diante dos palácios de outras terras. Foi à custa de muita economia que comprou em Trieste um par de brincos, que leva agora no bolso com algumas bugigangas. E ela que lhe guardaria? Pode ser que um lenço marcado com o nome dele e uma âncora na ponta, porque ela sabia marcar muito bem. Nisto chegou à Gamboa, passou o cemitério e deu com a casa fechada. Bateu, falou-lhe uma voz conhecida, a da velha Inácia, que veio abrir-lhe a porta com grandes exclamações de prazer. Deolindo, impaciente, perguntou por Genoveva.

— Não me fale nessa maluca, arremeteu a velha. Estou bem satisfeita com o conselho que lhe dei. Olhe lá se fugisse. Estava agora como o lindo amor.

— Mas que foi? que foi?

A velha disse-lhe que descansasse, que não era nada, uma dessas cousas que aparecem na vida; não valia a pena zangar-se. Genoveva andava com a cabeça virada...

— Mas virada por quê?

— Está com um mascate, José Diogo. Conheceu José Diogo, mascate de fazendas? Está com ele. Não imagina a paixão que eles têm um pelo outro. Ela então anda maluca. Foi o motivo da nossa briga. José Diogo não me saía da porta; eram conversas e mais conversas, até que eu um dia disse que não queria a minha casa difamada. Ah! meu pai do céu! foi um dia de juízo. Genoveva investiu para mim com uns olhos deste tamanho, dizendo que nunca difamou ninguém e não precisava de esmolas. Que esmolas, Genoveva? O que digo é que não quero esses cochichos à porta, desde as ave-marias... Dous dias depois estava mudada e brigada comigo.

— Onde mora ela?

— Na praia Formosa, antes de chegar à pedreira, uma rótula pintada de novo.

Deolindo não quis ouvir mais nada. A velha Inácia, um tanto arrependida, ainda lhe deu avisos de prudência, mas ele não os escutou e foi andando. Deixo de notar o que pensou em todo o caminho; não pensou nada. As ideias marinhavam-lhe no cérebro, como em hora de temporal, no meio de uma confusão de ventos e apitos. Entre elas rutilou a faca de bordo, ensanguentada e vingadora. Tinha passado a Gamboa, o saco do Alferes, entrara na praia Formosa. Não sabia o número da casa, mas era perto da pedreira, pintada de novo, e com auxílio da vizinhança poderia achá-la. Não contou com o acaso que pegou de Genoveva e fê-la sentar à janela, cosendo, no momento em que Deolindo ia passando. Ele conheceu-a e parou; ela, vendo o vulto de um homem, levantou os olhos e deu com o marujo.

— Que é isso? exclamou espantada. Quando chegou? Entre, seu Deolindo.

E, levantando-se, abriu a rótula e fê-lo entrar. Qualquer outro homem ficaria alvoroçado de esperanças, tão francas eram as maneiras da rapariga; podia ser que a velha se enganasse ou mentisse; podia ser mesmo que a cantiga do mascate estivesse acabada. Tudo isso lhe passou pela cabeça, sem a forma precisa do raciocínio ou da reflexão, mas em tumulto e rápido. Genoveva deixou a porta aberta, fê-lo sentar-se, pediu-lhe notícias da viagem e achou-o mais gordo; nenhuma comoção nem intimidade. Deolindo perdeu a última esperança. Em falta de faca, bastavam-lhe as mãos para estrangular Genoveva, que era um pedacinho de gente, e durante os primeiros minutos não pensou em outra cousa.

— Sei tudo, disse ele.

— Quem lhe contou?

Deolindo levantou os ombros.

— Fosse quem fosse, tornou ela, disseram-lhe que eu gostava muito de um moço?

— Disseram.

— Disseram a verdade.

Deolindo chegou a ter um ímpeto; ela fê-lo parar só com a ação dos olhos. Em seguida disse que, se lhe abrira a porta, é porque contava que era homem de juízo. Contou-lhe então tudo, as saudades que curtira, as propostas do mascate, as suas recusas, até que um dia, sem saber como, amanhecera gostando dele.

— Pode crer que pensei muito e muito em você. Sinhá Inácia que lhe diga se não chorei muito... Mas o coração mudou... Mudou... Conto-lhe tudo isto, como se estivesse diante do padre, concluiu sorrindo.

Não sorria de escárnio. A expressão das palavras é que era uma mescla de candura e cinismo, de insolência e simplicidade, que desisto de definir melhor. Creio até que insolência e cinismo são mal aplicados. Genoveva não se defendia de um erro ou de um perjúrio; não se defendia de nada; faltava-lhe o padrão moral das ações. O que dizia, em resumo, é que era melhor não ter mudado, dava-se bem com a afeição do Deolindo, a prova é que quis fugir com ele; mas, uma vez que o mascate venceu o marujo, a razão era do mascate, e cumpria declará-lo. Que vos parece? O pobre marujo citava o juramento de despedida, como uma obrigação eterna, diante da qual consentira em não fugir e embarcar: "Juro por Deus que está no céu; a luz me falte na hora da morte". Se embarcou, foi porque ela lhe jurou isso. Com essas palavras é que andou, viajou, esperou e tornou; foram elas que lhe deram a força de viver. Juro por Deus que está no céu; a luz me falte na hora da morte...

— Pois, sim, Deolindo, era verdade. Quando jurei, era verdade. Tanto era verdade que eu queria fugir com você para o sertão. Só Deus sabe se era verdade! Mas vieram outras cousas... Veio este moço e eu comecei a gostar dele...

— Mas a gente jura é para isso mesmo; é para não gostar de mais ninguém...

— Deixa disso, Deolindo. Então você só se lembrou de mim? Deixa de partes...

— A que horas volta José Diogo?

— Não volta hoje.

— Não?

— Não volta; está lá para os lados de Guaratiba com a caixa; deve voltar sexta-feira ou sábado... E por que é que você quer saber? Que mal lhe fez ele?

Pode ser que qualquer outra mulher tivesse igual palavra; poucas lhe dariam uma expressão tão cândida, não de propósito, mas involuntariamente. Vede que estamos aqui muito próximos da natureza. Que mal lhe fez ele? Que mal lhe fez esta pedra que caiu de cima? Qualquer mestre de física lhe explicaria a queda das pedras. Deolindo declarou, com um gesto de desespero, que queria matá-lo. Genoveva olhou[A] para ele com desprezo, sorriu de leve e deu um muxoxo; e, como ele lhe falasse de ingratidão e perjúrio, não pôde disfarçar o pasmo. Que perjúrio? que ingratidão? Já lhe tinha dito e repetia que quando jurou era verdade. Nossa Senhora, que ali estava, em cima da cômoda, sabia se era verdade ou não. Era assim que lhe pagava o que padeceu? E ele que tanto enchia a boca de fidelidade, tinha-se lembrado dela por onde andou?

A resposta dele foi meter a mão no bolso e tirar o pacote que lhe trazia. Ela abriu-o, aventou as bugigangas, uma por uma, e por fim deu com os brincos. Não eram nem poderiam ser ricos; eram mesmo de mau gosto, mas faziam uma vista de todos os diabos. Genoveva pegou deles, contente, deslumbrada, mirou-os por um lado e outro, perto e longe dos olhos, e afinal enfiou-os nas orelhas; depois foi ao espelho de pataca, suspenso na parede, entre a janela e a rótula, para ver o efeito que lhe faziam. Recuou, aproximou-se, voltou a cabeça da direita para a esquerda e da esquerda para a direita.

— Sim, senhor, muito bonitos, disse ela, fazendo uma grande mesura de agradecimento. Onde é que comprou?

Creio que ele não respondeu nada, nem teria tempo para isso, porque ela disparou mais duas ou três perguntas, uma atrás da outra, tão confusa estava de receber um mimo a troco de um esquecimento. Confusão de cinco ou quatro minutos; pode ser que dous. Não tardou que tirasse os brincos, e os contemplasse e pusesse na caixinha em cima da mesa redonda que estava no meio da sala. Ele pela sua parte começou a crer que, assim como a perdeu, estando ausente, assim o outro, ausente, podia também perdê-la; e, provavelmente, ela não lhe jurara nada.

— Brincando, brincando, é noite, disse Genoveva.

Com efeito, a noite ia caindo rapidamente. Já não podiam ver o hospital dos Lázaros e mal distinguiam a ilha dos Melões; as mesmas lanchas e canoas, postas em seco, defronte da casa, confundiam-se com a terra e o lodo da praia. Genoveva acendeu uma vela. Depois foi sentar-se na soleira da porta e pediu-lhe que contasse alguma cousa das terras por onde andara. Deolindo recusou a princípio; disse que se ia embora, levantou-se e deu alguns passos na sala. Mas o demônio da esperança mordia e babujava o coração do pobre-
-diabo, e ele voltou a sentar-se, para dizer duas ou três

anedotas de bordo. Genoveva escutava com atenção. Interrompidos por uma mulher da vizinhança, que ali veio, Genoveva fê-la sentar-se também para ouvir "as bonitas histórias que o Sr. Deolindo estava contando". Não houve outra apresentação. A grande dama que prolonga a vigília para concluir a leitura de um livro ou de um capítulo, não vive mais intimamente a vida dos personagens do que a antiga amante do marujo vivia as cenas que ele ia contando, tão livremente interessada e presa, como se entre ambos não houvesse mais que uma narração de episódios. Que importa à grande dama o autor do livro? Que importava a esta rapariga o contador dos episódios?

A esperança, entretanto, começava a desampará-lo e ele levantou-se definitivamente para sair. Genoveva não quis deixá-lo sair antes que a amiga visse os brincos, e foi mostrar-lhos com grandes encarecimentos. A outra ficou encantada, elogiou-os muito, perguntou se os comprara em França e pediu a Genoveva que os pusesse.

— Realmente, são muito bonitos.

Quero crer que o próprio marujo concordou com essa opinião. Gostou de os ver, achou que pareciam feitos para ela e, durante alguns segundos, saboreou o prazer exclusivo e superfino de haver dado um bom presente; mas foram só alguns segundos.

Como ele se despedisse, Genoveva acompanhou-o até à porta para lhe agradecer ainda uma vez o mimo, e provavelmente dizer-lhe algumas cousas meigas e inúteis. A amiga, que deixara ficar na sala, apenas lhe ouviu esta palavra: "Deixa disso, Deolindo"; e esta outra do marinheiro: "Você verá". Não pôde ouvir o resto, que não passou de um sussurro.

Deolindo seguiu, praia fora, cabisbaixo e lento, não já o rapaz impetuoso da tarde, mas com um ar velho e triste, ou, para usar outra metáfora de marujo, como um homem "que vai do meio caminho para terra". Genoveva entrou logo depois, alegre e barulhenta. Contou à outra a anedota dos seus amores marítimos, gabou muito o gênio do Deolindo e os seus bonitos modos; a amiga declarou achá-lo grandemente simpático.

— Muito bom rapaz, insistiu Genoveva. Sabe o que ele me disse agora?

— Que foi?ᴬ

— Que vai matar-se.

— Jesus!

— Qual o quê! Não se mata, não. Deolindo é assim mesmo; diz as cousas, mas não faz. Você verá que não se mata. Coitado, são ciúmes. Mas os brincos são muito engraçados.

— Eu aqui ainda não vi destes.

— Nem eu, concordou Genoveva, examinando-os à luz. Depois guardou-os e convidou a outra a coser.
— Vamos coser um bocadinho, quero acabar o meu corpinho azul...

A verdade é que o marinheiro não se matou. No dia seguinte, alguns dos companheiros bateram-lhe no ombro, cumprimentando-o pela noite de almirante, e pediram-lhe notícias de Genoveva, se estava mais bonita, se chorara muito na ausência, etc. Ele respondia a tudo com um sorriso satisfeito e discreto, um sorriso de pessoa que viveu uma grande noite. Parece que teve vergonha da realidade e preferiu mentir.

Manuscrito de um sacristão

****

I

. . . . Ao dar com o padre Teófilo falando a uma senhora, ambos sentadinhos no banco da igreja, e a igreja deserta, confesso que fiquei espantado. Note-se que conversavam em voz tão baixa e discreta, que eu, por mais que afiasse o ouvido e me demorasse a apagar as velas do altar, não podia apanhar nada, nada, nada. Não tive remédio senão adivinhar alguma cousa. Que eu sou um sacristão filósofo. Ninguém me julgue pela sobrepeliz rota e amarrotada nem pelo uso clandestino das galhetas. Sou um filósofo sacristão. Tive estudos eclesiásticos, que interrompi por causa de uma doença e que inteiramente deixei por outro motivo, uma paixão violenta, que me trouxe à miséria. Como o seminário deixa sempre um certo vinco, fiz-me sacristão aos trinta anos, para ganhar a vida. Venhamos, porém, ao nosso padre e à nossa dama.

II

Antes de ir adiante, direi que eram primos. Soube depois que eram primos, nascidos em Vassouras. Os pais dela mudaram-se para a corte, tendo Eulália (é o seu nome) sete anos. Teófilo veio depois. Na família era uso antigo que um dos rapazes fosse padre. Vivia ainda na Bahia um tio, dele, cônego. Cabendo-lhe nesta geração envergar a batina, veio para o seminário de S. José, no ano de mil oitocentos e cinquenta e tantos, e foi aí que o conheci. Compreende-se o sentimento de discrição que me leva a deixar a data no ar.

III

No seminário, dizia-nos o lente de retórica:

— A teologia é a cabeça do gênero humano, o latim a perna esquerda, e a retórica a perna direita.

Justamente da perna direita é que o Teófilo coxeava. Sabia muito as outras cousas: teologia, filosofia, latim, história sagrada; mas a retórica é que lhe não entrava no cérebro. Ele, para desculpar-se, dizia que a palavra divina não precisava de adornos. Tinha então vinte ou vinte e dous anos de idade, e era lindo como S. João.

Já nesse tempo era um místico; achava em todas as cousas uma significação recôndita. A vida era uma eterna missa, em que o mundo servia de altar, a alma de sacerdote e o corpo de acólito; nada respondia à realidade exterior. Vivia ansioso de tomar ordens para sair a pregar grandes cousas, espertar as almas, chamar os corações à Igreja, e renovar o gênero humano. Entre todos os apóstolos, amava principalmente S. Paulo.

Não sei se o leitor é da minha opinião; eu cuido que se pode avaliar um homem pelas suas simpatias históricas; tu serás mais ou menos da família dos personagens que amares deveras. Aplico assim aquela lei de Helvetius: "o grau de espírito que nos deleita dá a medida exata do grau de espírito que possuímos".

No nosso caso, ao menos, a regra não falhou. Teófilo amava S. Paulo, adorava-o, estudava-o dia e noite, parecia viver daquele converso que ia de cidade em cidade, à custa de um ofício mecânico, espalhando a boa nova aos homens. Nem tinha somente esse modelo, tinha mais dous: Hildebrando e Loyola.[23] Daqui podeis concluir que nasceu com a fibra da peleja e do apostolado. Era um faminto de ideal e criação, olhando todas as cousas correntes por cima da cabeça do século. Na opinião de um cônego, que lá ia ao seminário, o amor dos dous modelos últimos temperava o que pudesse haver perigoso em relação ao primeiro.

— Não vá o senhor cair no excesso e no exclusivo, disse-lhe um dia com brandura; não pareça que, exaltando somente a Paulo, intenta diminuir Pedro. A igreja, que os comemora ao lado um do outro, meteu-os ambos no Credo; mas veneremos Paulo e obedeçamos a Pedro. *Super hanc petram...*[24]

Os seminaristas gostavam do Teófilo, principalmente três, um Vasconcelos, um Soares e um Veloso, todos excelentes retóricos. Eram também bons rapazes, alegres por natureza, graves por necessidade e ambiciosos. Vasconcelos jurava que seria bispo; Soares

---

23. Hildebrando de Bonizio Ando-Brandeschi era o nome do papa italiano Gregório VII (1020-85), cujo pontificado se estendeu de abril de 1073 até a sua morte. Santo Inácio de Loyola (1491-1556) foi um dos fundadores da Companhia de Jesus, autor dos *Exercícios espirituais*, conjunto de meditações e preces, e tornado santo em 1622. [IL]
24. "Sobre esta pedra...", em tradução livre do latim. Na Bíblia, em Mateus 16,18, e não no Credo, Jesus fala a Pedro: "*Tu es Petrus et super hanc petram aedificabo Ecclesiam meam*" [Tu és Pedro, e sobre esta pedra edificarei minha Igreja]. [IL]

contentava-se com algum grande cargo; Veloso cobiçava as meias roxas de cônego e um púlpito. Teófilo tentou repartir com eles o pão místico dos seus sonhos, mas reconheceu depressa que era manjar leve ou pesado demais, e passou a devorá-lo sozinho. Até aqui o padre; vamos agora à dama.

IV

Agora a dama. No momento em que os vi falar baixinho na igreja, Eulália contava trinta e oito anos de idade. Juro-lhes que era ainda bonita. Não era pobre; os pais deixaram-lhe alguma cousa. Nem casada; recusou cinco ou seis pretendentes.

Este ponto nunca foi entendido pelas amigas. Nenhuma delas era capaz de repelir um noivo. Creio até que não pediam outra cousa, quando rezavam antes de entrar na cama, e ao domingo, à missa, no momento de levantar a Deus. Por que é que Eulália recusava-os todos? Vou dizer desde já o que soube depois. Supuseram-lhe, a princípio, um simples desdém, — nariz torcido, dizia uma delas; — mas, no fim da terceira recusa, inclinaram-se a crer que havia namoro encoberto, e esta explicação prevaleceu. A própria mãe de Eulália não aceitou outra. Não lhe importaram as primeiras recusas; mas, repetindo-se, ela começou a assustar-se. Um dia, voltando de um casamento, perguntou à filha, no carro em que vinham, se não se lembrava que tinha de ficar só.

— Ficar só?

— Sim, um dia hei de morrer. Por ora tudo são flores; cá estou para governar a casa; e você é só ler, cismar, tocar e brincar; mas eu tenho de morrer, Eulália, e você tem de ficar só...

Eulália apertou-lhe muito a mão, sem poder dizer palavra. Nunca pensara na morte da mãe; perdê-la era perder metade de si mesma. Na expansão de momento, a mãe atreveu-se a perguntar-lhe se amava alguém e não era correspondida; Eulália respondeu que não. Não simpatizara com os candidatos. A boa velha abanou a cabeça; falou dos vinte e sete anos da filha, procurou aterrá-la com os trinta, disse-lhe que, se nem todos os noivos a mereciam igualmente, alguns eram dignos de ser aceitos, e que importava a falta de amor? O amor conjugal podia ser assim mesmo; podia nascer depois, como um fruto da convivência. Conhecera pessoas que se casaram por simples interesse de família e acabaram amando-se muito. Esperar uma grande paixão para casar era arriscar-se a morrer esperando.

— Pois sim, mamãe, deixe estar...

E, reclinando a cabeça, fechou um pouco os olhos para espiar alguém, para ver o namorado encoberto, que não era só encoberto, mas também e principalmente impalpável. Concordo que isto agora é obscuro; não tenho dúvida em dizer que entramos em pleno sonho.

Eulália era uma esquisita, para usarmos a linguagem da mãe, ou romanesca, para empregarmos a definição das amigas. Tinha, em verdade, uma singular organização. Saiu ao pai. O pai nascera com o amor do enigmático, do arriscado e do obscuro; morreu quando aparelhava uma expedição para ir à Bahia descobrir a "cidade abandonada". Eulália recebeu essa herança moral, modificada ou agravada pela natureza feminil. Nela dominava principalmente a contemplação. Era na cabeça que ela descobria as cidades abandonadas. Tinha os olhos dispostos de maneira que não podiam apanhar integralmente os contornos da vida. Começou idealizando as cousas, e, se não acabou negando-as, é certo que o sentimento da realidade esgarçou-se-lhe até chegar à transparência fina em que o tecido parece confundir-se com o ar.

Aos dezoito anos, recusou o primeiro casamento. A razão é que esperava outro, um marido extraordinário, que ela viu e conversou, em sonho ou alucinação, a mais radiosa figura do universo, a mais sublime e rara, uma criatura em que não havia falha ou quebra, verdadeira gramática sem irregularidades, pura língua sem solecismos.

Perdão, interrompe-me uma senhora, esse noivo não é obra exclusiva de Eulália, é o marido de todas as virgens de dezessete anos. Perdão, digo-lhe eu, há uma diferença entre Eulália e as outras, é que as outras trocam finalmente o original esperado por uma cópia gravada, antes ou depois da letra, e às vezes por uma simples fotografia ou litografia, ao passo que Eulália continuou a esperar o painel autêntico. Vinham as gravuras, vinham as litografias, algumas muito bem-acabadas, obra de artista e grande artista, mas para ela traziam o defeito de ser cópias. Tinha fome e sede de originalidade. A vida comum parecia-lhe uma cópia eterna. As pessoas do seu conhecimento caprichavam em repetir as ideias umas das outras, com iguais palavras, e às vezes sem diferente inflexão, à semelhança do vestuário que usavam, e que era do mesmo gosto e feitio. Se ela visse alvejar na rua um turbante mourisco ou flutuar um penacho, pode ser que perdoasse o resto; mas nada, cousa nenhuma, uma constante uniformidade de ideias e coletes. Não era outro o pecado mortal das cousas. Mas, como tinha a faculdade de viver tudo o que sonhava, continuou a esperar uma vida nova e um marido único.

Enquanto esperava, as outras iam casando. Assim perdeu ela as três principais amigas: Júlia Costinha, Josefa e Mariana. Viu-as todas casadas, viu-as mães, a princípio de um filho, depois de dous, de quatro e de cinco. Visitava-as, assistia ao viver delas, sereno e alegre, medíocre, vulgar, sem sonhos nem quedas, mais ou menos feliz. Assim se passaram os anos; assim chegou aos trinta, aos trinta e três, aos trinta e cinco, e finalmente aos trinta e oito em que a vemos na igreja, conversando com o padre Teófilo.

V

Naquele dia mandara dizer uma missa por alma da mãe, que morrera um ano antes. Não convidou ninguém: foi ouvi-la sozinha. Ouviu-a, rezou, depois sentou-se no banco.

Eu, depois de ajudar à missa, voltei para a sacristia, e vi ali o padre Teófilo, que viera da roça duas semanas antes e andava à cata de alguma missa para comer. Parece que ele ouviu do outro sacristão ou do mesmo padre oficiante o nome da pessoa sufragada; viu que era o da tia e correu à igreja, onde ainda achou a prima no banco. Sentou-se ao pé dela, esquecido do lugar e das posições, e falaram naturalmente de si mesmos. Não se viam desde longos anos. Teófilo visitara-as logo depois de ordenado padre; mas saiu para o interior e nunca mais soube delas, nem elas dele.

Já disse que não pude ouvir nada. Estiveram assim perto de meia hora. O coadjutor veio espiar, deu com eles e ficou justamente escandalizado. A notícia do caso chegou, dous dias depois, ao bispo. Teófilo recebeu uma advertência amiga, subiu à Conceição e explicou tudo: era uma prima, a quem não via desde muito. O padre coadjutor, quando soube da explicação, exclamou com muito critério que o ser parenta não lhe trocava o sexo nem supria o escândalo.

Entretanto, como eu tinha sido companheiro do Teófilo no seminário e gostava dele, defendi-o com muito calor e fiz chegar o meu testemunho ao palácio da Conceição. Ele ficou-me grato por isso, e daí veio a intimidade de nossas relações. Como os dous primos podiam ver-se em casa, Teófilo passou a visitá-la, e ela a recebê-lo com muito prazer. No fim de oito dias, recebeu-me também; ao cabo de duas semanas era eu um dos seus familiares.

Dous patrícios que se encontram em plaga estrangeira e podem finalmente trocar as palavras mamadas na infância não sentem maior alvoroço do que estes dous primos, que eram mais que primos: moralmente eram gêmeos. Ele contou-lhe a vida e, como os acontecimentos acarretassem os sentimentos, ela olhou para dentro da alma do primo e achou que era a sua mesma alma e que, em substância, a vida de ambos era a mesma. A diferença é que uma esperou quieta o que o outro andou buscando por montes e vales; no mais, igual equívoco, igual conflito com a realidade, idêntico diálogo de árabe e japonês.

— Tudo o que me cerca é trivial e chocho, dizia-lhe ele.

Com efeito, gastara o aço da mocidade em divulgar uma concepção que ninguém lhe entendeu. Enquanto os três amigos mais chegados do seminário passavam adiante, trabalhando e servindo, afinados pela nota do século, Veloso cônego e pregador, Soares com uma grande vigararia, Vasconcelos a caminho de bispar, ele Teófilo era o mesmo apóstolo e místico dos primeiros anos, em plena aurora cristã e metafísica. Vivia miseravelmente, costeando a fome, pão magro e batina surrada; tinha instantes e horas de tristeza e de abatimento: confessou-os à prima...

— Também o senhor? perguntou ela.

E as suas mãos apertaram-se com energia: entendiam-se. Não tendo achado um astro na loja de um relojoeiro, a culpa era do relojoeiro; tal era a lógica de ambos. Olharam-se com a simpatia de náufragos, — náufragos e não desenganados, — porque não o eram. Crusoe, na ilha deserta, inventa e trabalha; eles não; lançados à ilha, estendiam os olhos para o mar ilimitado, esperando a águia que viria buscá-los com as suas grandes asas abertas. Uma era a eterna noiva sem noivo, outro o eterno profeta sem Israel; ambos punidos e obstinados.

Já disse que Eulália era ainda bonita. Resta dizer que o padre Teófilo, com quarenta e dous anos tinha os cabelos grisalhos e as feições cansadas; as mãos não possuíam nem a maciez nem o aroma da sacristia, eram magras e calosas e cheiravam ao mato. Os olhos é que conservavam o fogo antigo;[A] era por ali que a mocidade interior falava cá para fora, e força é dizer que eles valiam só por si todo o resto.

As visitas amiudaram-se. Afinal íamos passar ali as tardes e as noites e jantar aos domingos. A convivência produziu dous efeitos, e até três. O primeiro foi que os dous primos, frequentando-se, deram força e vida um ao outro; relevem-me esta expressão familiar: — fizeram um *pique-nique*ᴬ de ilusões. O segundo é que Eulália, cansada de esperar um noivo humano, volveu os olhos para o noivo divino e, assim como ao primo viera a ambição de S. Paulo, veio-lhe a ela a de Santa Teresa. O terceiro efeito é o que o leitor já adivinhou.

Já adivinhou. O terceiro foi o caminho de Damasco, — um caminho às avessas, porque a voz não baixou do céu, mas subiu da terra; não chamava a pregar Deus, mas a pregar o homem. Sem metáfora, amavam-se. Outra diferença é que a vocação aqui não foi súbita, como em relação ao apóstolo das gentes; foi vagarosa, muito vagarosa, cochichada, insinuada, bafejada pelas asas da pomba mística.

Note-se que a fama precedeu ao amor. Sussurrava-se desde muito que as visitas do padre eram menos de confessor que de pecador. Era mentira; eu juro que era mentira. Via-os, acompanhava-os, estudava esses dous temperamentos tão espirituais, tão cheios de si mesmos, que nem sabiam da fama, nem cogitavam no perigo da aparência. Um dia vi-lhes os primeiros sinais do amor. Será o que quiserem, uma paixão quarentona, rosa outoniça e pálida, mas era, existia, crescia, ia tomá-los inteiramente. Pensei em avisar o padre, não por mim, mas por ele mesmo; mas era difícil, e talvez perigoso. Demais, eu era e sou gastrônomo e psicólogo; avisá-lo era botar fora uma fina matéria de estudo e perder os jantares dominicais. A psicologia, ao menos, merecia um sacrifício: calei-me.

Calei-me à toa. O que eu não quis dizer, publicou-o o coração de ambos. Se o leitor me leu de corrida, conclui por si mesmo a anedota, conjugando os dous primos: mas, se me leu devagar, adivinha o que sucedeu. Os dous místicos recuaram; não tiveram horror um do outro nem de si mesmos, porque essa sensação estava excluída de ambos, mas recuaram, agitados de medo e de desejo.

— Volto para a roça, disse-me o padre.
— Mas por quê?
— Volto para a roça.

Voltou para a roça e nunca mais cá veio. Ela, é claro que tinha achado o marido que esperava, mas saiu-lhe tão impossível como a vida que sonhou. Eu, gastrônomo e psicólogo, continuei a ir jantar com Eulália aos domingos. Considero que alguma cousa deve subsistir debaixo do sol, ou amor ou o jantar, se é certo, como quer Schiller, que o amor e a fome governam este mundo.

Ex cathedra[25]

— Padrinho, vosmecê assim fica cego.
— O quê?
— Vosmecê fica cego; lê que é um desespero. Não, senhor, dê cá o livro.

Caetaninha tirou-lhe o livro das mãos. O padrinho deu uma volta, e foi meter-se no gabinete, onde lhe não faltavam livros; fechou-se por dentro e continuou a ler. Era o seu mal; lia com excesso, lia de manhã, de tarde e de noute, ao almoço e ao jantar, antes de dormir, depois do banho, lia andando, lia parado, lia em casa e na chácara, lia antes de ler e depois de ler, lia toda a casta de livros, mas especialmente direito (em que era graduado), matemáticas e filosofia; ultimamente dava-se também às ciências naturais.

Pior que cego, ficou aluado. Foi pelos fins de 1873, na Tijuca, que ele começou a dar sinais de transtorno cerebral; mas, como eram leves e poucos, só em março ou abril de 1874 é que a afilhada lhe percebeu a alteração. Um dia, almoçando, interrompeu ele a leitura para lhe perguntar:

— Como é que eu me chamo?
— Como é que padrinho se chama? repetiu ela espantada. Chama-se Fulgêncio.

---

25. Expressão latina traduzida por "de cadeira". Quando se diz que alguém se pronuncia *ex cathedra*, quer dizer que fala com a autoridade do cargo ou função que possui. A expressão é também usada, com ironia, em relação a quem fala pretensiosamente. [MS]

— De hoje em diante, chamar-me-ás Fulgencius.

E, enterrando a cara no livro, prosseguiu na leitura. Caetaninha referiu o caso às mucamas, que lhe declararam desconfiar desde algum tempo, que ele não andava bom. Imagine-se o medo da moça; mas o medo passou depressa para só deixar a piedade que lhe aumentou a afeição. Também a mania era restrita e mansa; não passava dos livros. Fulgêncio vivia do escrito, do impresso, do doutrinal, do abstrato, dos princípios e das fórmulas. Com o tempo chegou, não já à superstição, mas à alucinação da teoria. Uma de suas máximas era, que a liberdade não morre onde restar uma folha de papel para decretá-la; e um dia, acordando com a ideia de melhorar a condição dos turcos, redigiu uma constituição, que mandou de presente ao ministro inglês, em Petrópolis. De outra ocasião, meteu-se a estudar nos livros a anatomia dos olhos, para verificar se realmente eles podiam ver, e concluiu que sim.

Digam-me, se, em tais condições, a vida de Caetaninha podia ser alegre. Não lhe faltava nada, é verdade, porque o padrinho era rico. Foi ele mesmo que a educou, desde os sete anos, quando perdeu a mulher; ensinou-lhe a ler e escrever, francês, um pouco de história e geografia, para não dizer quase nada, e incumbiu uma das mucamas de lhe ensinar crivo, renda e costura. Tudo isso é verdade. Mas Caetaninha fizera catorze anos; e, se nos primeiros tempos bastavam os brinquedos e as escravas para diverti-la, era chegada a idade em que os brinquedos perdem de moda e as escravas de interesse, em que não há leituras nem escrituras que façam de uma casa solitária na Tijuca um paraíso. Descia algumas vezes, raras, e de corrida; não ia a teatros nem bailes; não fazia nem recebia visitas. Quando via passar na estrada uma cavalgada de homens e senhoras, punha a alma na garupa dos animais, e deixava-a ir com eles, ficando-lhe o corpo, ao pé do padrinho, que continuava a ler.

Um dia, estando na chácara, viu parar ao portão um rapaz, montado numa bestinha, e ouviu que lhe perguntava se era ali a casa do doutor Fulgêncio.

— Sim, senhor, é aqui mesmo.
— Podia falar-lhe?

Caetaninha respondeu que ia ver; entrou em casa, e foi ao gabinete, onde achou o padrinho remoendo, com a mais voluptuária e beata das expressões, um capítulo de Hegel. Mocinho? Que mocinho? Caetaninha disse-lhe que era um mocinho vestido de luto. De luto? repetiu o velho doutor fechando precipitadamente o livro; há de ser ele. Esquecia-me dizer (mas há tempo para tudo) que, três meses antes, falecera um irmão de Fulgêncio, no Norte, deixando um filho natural. Como o irmão, dias antes de morrer, lhe escrevera recomendando o órfão que ia deixar, Fulgêncio mandou que este viesse para o Rio de Janeiro. Ouvindo que estava ali um mocinho de luto, concluiu que era o sobrinho, e não concluiu mal. Era ele mesmo.

Parece que até aqui nada há que destoe de uma história ingenuamente romanesca: temos um velho lunático, uma mocinha solitária e suspirosa, e vemos despontar inopinadamente um sobrinho. Para não descer da região poética em que nos achamos, deixo de dizer que a mula em que o Raimundo veio montado, foi reconduzida por um preto ao alugador; passo também por alto as circunstâncias da acomodação do rapaz, limitando-me a dizer que, como o tio, à força de viver lendo, esquecera inteiramente que o mandara buscar, nada havia em casa preparado para recebê-lo. Mas a casa era grande e abastada; uma hora depois, estava o rapaz aposentado num lindo quarto, onde podia ver a chácara, a cisterna antiga, o lavadouro, basta folha verde e vasto céu azul.

Creio que ainda não disse a idade do hóspede; tem quinze anos e um ameaço de buço; é quase uma criança. Logo, se a nossa Caetaninha ficou alvoroçada, e as mucamas andam de um lado para outro espiando e falando do "sobrinho de sinhô velho que chegou de fora", é porque a vida ali não tem outros episódios, não porque ele seja homem-feito. Essa foi também a impressão do dono da casa; mas, aqui vai a diferença. A afilhada não advertia que o ofício do buço é virar bigode, ou, se pensou nisso, fê-lo tão vagamente, que não vale a pena de o pôr aqui. Não assim o velho Fulgêncio. Compreendeu este que havia ali a massa de um marido, e resolveu casá-los; mas viu também que, a menos de lhes pegar nas mãos e mandar que se amassem, o acaso podia guiar as cousas por modo diferente.

Uma ideia traz outra. A ideia de os casar pegou por um lado com uma de suas opiniões recentes. Era esta que as calamidades ou os simples dissabores nas relações do coração provinham de que o amor era praticado de um modo empírico; faltava-lhe a base científica. Um homem e uma mulher, desde que conhecessem as razões físicas e metafísicas desse sentimento, estariam mais aptos a recebê-lo e nutri-lo com eficácia, do que outro homem e outra mulher que nada soubessem do fenômeno.

— Os meus pequenos estão verdes, dizia ele consigo: tenho três a quatro anos diante de mim, e posso começar desde já a prepará-los. Vamos com lógica; primeiro os alicerces, depois as paredes, depois o teto... em vez de começar pelo teto... Dia virá em que se aprenda a amar como se aprende a ler... Nesse dia...

Estava atordoado, deslumbrado, delirante. Foi às estantes, desceu alguns tomos, astronomia, geologia, fisiologia, anatomia, jurisprudência, política, linguística, abriu-os, folheou-os, comparou-os, extratou daqui e dali, até formular um programa de ensino. Compunha-se este de vinte capítulos, nos quais entravam as noções gerais do universo, uma definição da vida, demonstração da existência do homem e da mulher, organização das sociedades, definição e análise das paixões, definição e análise do amor, suas causas, necessidades e efeitos. Em verdade, as matérias eram crespas; ele entendeu torná-las dóceis, tratando-as em frase corriqueira e chã, dando-lhes um tom puramente familiar, como a astronomia de Fontenelle. E dizia com ênfase que o essencial da fruta era o miolo, não a casca.

Tudo isso era engenhoso; mas aqui vai o mais engenhoso. Não os convidou a aprender. Uma noite, olhando para o céu, disse que as estrelas estavam brilhando muito; e o que eram as estrelas? acaso sabiam eles o que eram as estrelas?

— Não senhor.

Daqui a iniciar uma descrição do universo era um passo. Fulgêncio deu o passo, com tal presteza e naturalidade, que os deixou encantados e eles pediram a viagem toda.

— Não, disse o velho; não esgotemos tudo hoje, nem isto se entende bem senão devagar; amanhã ou depois...

Foi assim, sorrateiramente, que ele começou a executar o plano. Os dois alunos, assombrados com o mundo astronômico, pediam-lhe todos os dias que continuasse, e, posto que no fim dessa primeira parte Caetaninha ficasse um tanto confusa, ainda assim quis ouvir as outras cousas que o padrinho lhe prometeu.

Não digo nada da familiaridade entre os dois alunos, por ser cousa óbvia. Entre catorze e quinze anos a diferença é tão pequena, que os portadores das duas idades, não tinham mais que dar a mão um ao outro. Foi o que aconteceu.

No fim de três semanas pareciam ter sido criados juntos. Só isto bastava a mudar a vida de Caetaninha; mas Raimundo trouxe-lhe mais. Não há dez minutos, vimo-la olhar com saudade as cavalgadas de homens e damas que passavam na estrada. Raimundo matou-lhe a saudade, ensinando-lhe a montaria, apesar da relutância do velho, que temia algum desastre; mas este cedeu e alugou dois cavalos. Caetaninha mandou fazer uma linda amazona, Raimundo veio à cidade comprar-lhe as luvas e um chicotinho, com o dinheiro do tio — já se sabe — que também lhe deu as botas e o demais aparelho masculino. Daí a pouco era um gosto vê-los ambos, galhardos e intrépidos, abaixo e acima da montanha.

Em casa, brincavam à larga, jogavam damas e cartas, cuidavam de aves e plantas. Brigavam muita vez; mas, segundo as mucamas, eram brigas de mentira, só para fazerem as pazes depois. Era o pico do arrufo. Raimundo vinha às vezes à cidade, a mandado do tio. Caetaninha ia esperá-lo ao portão, espiando ansiosa.

Quando ele chegava, brigavam, porque ela queria tirar-lhe os maiores embrulhos, a pretexto de que ele vinha cansado, e ele queria dar-lhe os mais leves, alegando que ela era fraquinha.

No fim de quatro meses, a vida era totalmente outra. Pode-se até dizer que só então é que Caetaninha começou a usar rosas no cabelo. Antes disso vinha muita vez despenteada para a mesa do almoço. Agora, não só se penteava logo cedo, mas até, como digo, trazia rosas, uma ou duas; estas eram, ou colhidas na véspera, por ela mesma, e guardadas em água, ou na própria manhã, por ele, que ia levar-lhas à janela. A janela era alta; mas Raimundo, pondo-se na ponta dos pés, e levantando o braço, conseguia dar-lhe as rosas em mão. Foi por esse tempo que ele adquiriu o sestro de mortificar o buço, puxando-o muito de um e outro lado. Caetaninha chegava a bater-lhe nos dedos, para lhe tirar tão mau costume.

Entretanto, as lições continuavam regularmente. Já tinham uma ideia geral do universo, e uma definição da vida, que nenhum deles entendeu. Assim chegaram ao quinto mês. No sexto, começou a demonstração da existência do homem. Caetaninha não pôde suster o riso, quando o padrinho, expondo a matéria, perguntou-lhes se eles sabiam que existiam e por quê; mas ficou logo séria, e respondeu que não.

— Nem você?

— Nem eu, não, senhor, concordou o sobrinho.

Fulgêncio iniciou uma demonstração em regra, profundamente cartesiana. A seguinte lição foi na chácara. Chovera muito nos dias anteriores; mas o sol agora alagava tudo de luz, e a chácara parecia uma linda viúva, que troca o véu do luto pelo do noivado. Raimundo, como se quisesse copiar o sol, (copiam-se naturalmente os grandes) despedia das pupilas um olhar vasto e longo, que Caetaninha recebia, palpitando, como a chácara. Fusão, transfusão, difusão, confusão e profusão de seres e de cousas.

Enquanto o velho falava, reto, lógico, vagaroso, curtido de fórmulas, com os olhos fixos em parte nenhuma, os dous alunos faziam trinta mil esforços para escutá-lo, mas vinham trinta mil incidentes distraí-los. Foi a princípio um casal de borboletas que brincavam no ar. Façam-me o favor de dizer o que é que pode haver extraordinário num casal de borboletas? Concordo que eram amarelas, mas esta circunstância não basta a explicar a distração. O fato de voarem uma atrás da outra, ora à direita, ora à esquerda, ora abaixo, ora acima, também não dá a razão do desvio, visto que nunca as borboletas voaram em linha reta, como simples militares.

— O entendimento, dizia o velho, o entendimento, segundo eu já expliquei...

Raimundo olhou para Caetaninha, e achou-a olhando para ele. Um e outro pareciam confusos e acanhados. Ela foi a primeira que baixou os olhos ao regaço. Depois, levantou-os, a fim de os levar a outra parte, mais remota, o muro da chácara; na passagem, como os de Raimundo ali estivessem, ela encarou-os o mais rapidamente que pôde. Felizmente, o muro apresentava um espetáculo que a encheu de admiração: um casal de andorinhas (era o dia dos casais) saltitava nele, com a graça peculiar às pessoas aladas. Saltitavam piando, dizendo cousas uma à outra, o que quer que fosse, talvez isto — que era bem bom não haver filosofia nos muros das chácaras. Senão quando, uma delas voou, provavelmente a dama, e a outra, naturalmente o garção, não se deixou ficar atrás: esticou as asas e seguiu o mesmo caminho. Caetaninha desceu os olhos à grama do chão.

Quando a lição acabou, daí a alguns minutos, ela pediu ao padrinho que continuasse, e, recusando este, tomou-lhe o braço e convidou-o a dar um giro na chácara.

— Está muito sol, contestou o velho.
— Vamos pela sombra.
— Faz muito calor.

Caetaninha propôs irem continuar na varanda; mas o padrinho disse-lhe misteriosamente que Roma não se fez num dia, e acabou declarando que só dois dias depois continuaria a lição. Caetaninha recolheu-se ao quarto, esteve ali três quartos de hora fechada, sentada, à janela, de um lado para outro, procurando as cousas que tinha na mão, e chegando ao cúmulo de ver-se a si mesma, cavalgando, estrada acima, ao lado de Raimundo. De uma vez aconteceu-lhe ver o rapaz no muro da chácara; mas atentou bem, reconheceu que era um par de besouros que zumbiam no ar. E dizia um deles ao outro:

— Tu és a flor da nossa raça, a flor do ar, a flor das flores, o sol e a lua da minha vida.

Ao que respondia o outro:

— Ninguém te vence na beleza e na graça; o teu zumbir é um eco das falas divinas; mas, deixa-me... deixa-me...

— Por que deixar-te, alma destes bosques?
— Já te disse, rei dos ares puros, deixa-me.
— Não me fales assim, feitiço e gala das matas. Tudo por cima e em volta de nós está dizendo que me deves

falar de outra maneira. Conheces a cantiga dos mistérios azuis?

— Vamos ouvi-la nas folhas verdes da laranjeira.
— As da mangueira são mais bonitas.
— Tu és mais linda que umas e outras.
— E tu, sol da minha vida?
— Lua do meu ser, eu sou o que tu quiseres...

Era assim que os dous besouros falavam. Ela ouviu-os cismando. Como eles desaparecessem, ela entrou, viu as horas e saiu do quarto. Raimundo estava fora; ela foi esperá-lo ao portão, dez, vinte, trinta, quarenta, cinquenta minutos. Na volta disseram pouco; uniram-se e separaram-se duas ou três vezes. Da última vez foi ela que o trouxe à varanda, para mostrar-lhe um enfeite que julgava perdido e acabava de achar. Façam-lhe a justiça de crer que era pura mentira. Entretanto, Fulgêncio antecipou a lição; deu-a no dia seguinte, entre o almoço e o jantar. Nunca a palavra lhe saiu tão límpida e singela. E assim devia ser; tratava-se da existência do homem, capítulo profundamente metafísico, em que era preciso considerar tudo e por todos os lados.

— Estão entendendo? perguntava ele.
— Perfeitamente.

E a lição seguiu até o fim. No fim, deu-se a mesma cousa da véspera; Caetaninha, como se tivesse medo de ficar só, pediu-lhe para continuar ou passear; ele recusou uma e outra cousa, bateu-lhe paternalmente na cara, e foi encerrar-se no gabinete.

— Para a semana, pensava o velho doutor, dando volta à chave, para a semana entro na organização das sociedades; todo o mês que vem e o outro é para a definição e classificação das paixões; em maio, passaremos ao amor... já será tempo...

Enquanto ele dizia isto, e fechava a porta, alguma cousa ressoava do lado da varanda — um trovão de beijos, segundo disseram as lagartas da chácara; mas, para as lagartas qualquer pequeno rumor vale um trovão. Quanto aos autores do ruído nada positivo se sabe. Parece que um maribondo, vendo Caetaninha e Raimundo unidos nessa ocasião, concluiu da coincidência para a consequência, e entendeu que eram eles; mas um velho gafanhoto demonstrou a inanidade do fundamento, alegando que ouvira muitos beijos, outrora, em lugares onde nem Raimundo nem Caetaninha pusera os pés. Convenhamos que este outro argumento não prestava para nada; mas, tal é o prestígio de um bom caráter, que o gafanhoto foi aclamado como tendo ainda uma vez defendido a verdade e a razão. E daí pode ser que fosse assim mesmo. Mas um trovão de beijos? Suponhamos dous; suponhamos três ou quatro.

A senhora do Galvão

****

Começaram a rosnar dos amores deste advogado com a viúva do brigadeiro, quando eles não tinham ainda passado dos primeiros obséquios. Assim vai o mundo. Assim se fazem algumas reputações más, e, o que parece absurdo, algumas boas. Com efeito, há vidas que só têm prólogo; mas toda a gente fala do grande livro que se lhe segue, e o autor morre com as folhas em branco. No presente caso, as folhas escreveram-se, formando todas um grosso volume de trezentas páginas compactas, sem contar as notas. Estas foram postas no fim, não para esclarecer, mas para recordar os capítulos passados; tal é o método nesses livros de colaboração. Mas a verdade é que eles apenas combinavam no plano, quando a mulher do advogado recebeu este bilhete anônimo:

"Não é possível que a senhora se deixe embair mais tempo, tão escandalosamente, por uma de suas amigas, que se consola da viuvez, seduzindo os maridos alheios, quando bastava conservar os cachos..."

Que cachos? Maria Olímpia não perguntou que cachos eram; eram da viúva do brigadeiro, que os trazia por gosto, e não por moda. Creio que isto se passou em 1853. Maria Olímpia leu e releu o bilhete; examinou a letra, que lhe pareceu de mulher e disfarçada, e percorreu mentalmente a primeira linha das suas amigas, a ver se descobria a autora. Não descobriu nada, dobrou o papel e fitou o tapete do chão, caindo-lhe os olhos justamente no ponto do desenho em que dous pombinhos ensinavam um ao outro a maneira de fazer de dous bicos um bico. Há dessas ironias do acaso, que dão vontade de destruir o universo. Afinal meteu o bilhete no vestido, e encarou a mucama, que esperava por ela, e que lhe perguntou:

— Nhanhã não quer mais ver o xale?

Maria Olímpia pegou no xale, que a mucama lhe dava e foi pô-lo aos ombros, defronte do espelho. Achou que lhe ficava bem, muito melhor que à viúva. Cotejou as suas graças com as da outra. Nem os olhos nem a boca eram comparáveis; a viúva tinha os ombros estreitinhos, a cabeça grande, e o andar feio. Era alta; mas que tinha ser alta? E os trinta e cinco anos de idade, mais nove que ela? Enquanto fazia essas reflexões, ia compondo, pregando e despregando o xale.

— Este parece melhor, que o outro, aventurou a mucama.

— Não sei... disse a senhora, chegando-se mais para a janela, com os dous nas mãos.

— Bota o outro, nhanhã.

A nhanhã obedeceu. Experimentou cinco xales dos dez que ali estavam, em caixas, vindos de uma loja da rua da Ajuda. Concluiu que os dois primeiros eram os melhores; mas aqui surgiu uma complicação — mínima, realmente — mas tão sutil e profunda na solução, que não vacilo em recomendá-la aos nossos pensadores de 1906. A questão era saber qual dos dois xales escolheria, uma vez que o marido, recente advogado, pedia-lhe que fosse econômica. Contemplava-os alternadamente, e ora preferia um, ora outro. De repente, lembrou-lhe a aleivosia do marido, a necessidade de mortificá-lo, castigá-lo, mostrar-lhe que não era peteca de ninguém, nem maltrapilha; e, de raiva, comprou ambos os xales.

Ao bater das quatro horas (era a hora do marido) nada de marido. Nem às quatro, nem às quatro e meia. Maria Olímpia imaginava uma porção de cousas aborrecidas, ia à janela, tornava a entrar, temia um desastre ou doença repentina; pensou também que fosse uma sessão do júri. Cinco horas, e nada. Os cachos da viúva também negrejavam diante dela, entre a doença e o júri, com uns tons de azul-ferrete, que era provavelmente a cor do diabo. Realmente era para exaurir a paciência de uma moça de vinte e seis anos. Vinte e seis anos; não tinha mais. Era filha de um deputado do tempo da Regência, que a deixou menina; e foi uma tia que a educou com muita distinção. A tia não a levou muito cedo a bailes e espetáculos. Era religiosa, conduziu-a primeiro à igreja. Maria Olímpia tinha a vocação da vida exterior, e, nas procissões e missas cantadas, gostava principalmente do rumor, da pompa; a devoção era sincera, tíbia e distraída. A primeira cousa que ela via na tribuna das igrejas, era a si mesma. Tinha um gosto particular em olhar de cima para baixo, fitar a multidão das mulheres ajoelhadas ou sentadas, e os rapazes, que, por baixo do coro ou nas portas laterais, temperavam com atitudes namoradas as cerimônias latinas. Não entendia os sermões; o resto, porém, orquestra, canto, flores, luzes, sanefas, ouros, gentes, tudo exercia nela um singular feitiço. Magra devoção, que escasseou ainda mais com o primeiro espetáculo e o primeiro baile. Não alcançou a Candiani, mas ouviu a Ida Edelvira, dançou à larga, e ganhou fama de elegante.

Eram cinco horas e meia, quando o Galvão chegou. Maria Olímpia, que então passeava na sala, tão depressa lhe ouviu os pés, fez o que faria qualquer outra senhora na mesma situação: pegou de um jornal de modas, e sentou-se, lendo, com um grande ar de pouco-caso. Galvão entrou ofegante, risonho, cheio de carinhos, perguntando-lhe se estava zangada, e jurando que tinha um motivo para a demora, um motivo que ela havia de agradecer, se soubesse...

— Não é preciso, interrompeu ela friamente.

Levantou-se; foram jantar. Falaram pouco; ela menos que ele, mas em todo o caso, sem parecer magoada. Pode ser que entrasse a duvidar da carta anônima; pode ser também que os dous xales lhe pesassem na consciência. No fim do jantar, Galvão explicou a demora; tinha ido, a pé, ao teatro Provisório, comprar um camarote para essa noite: davam os *Lombardos*. De lá, na volta, foi encomendar um carro...

— Os *Lombardos*? interrompeu Maria Olímpia.

— Sim; canta o Laboceta, canta a Jacobson; há bailado. Você nunca ouviu os *Lombardos*?[26]

— Nunca.

26. Há nesse trecho uma série de referências a obras e personagens da cena lírica, que Machado de Assis acompanhou de perto no Rio de Janeiro, principalmente nas décadas de 1850 e 1860: *Os Lombardos* [*I Lombardi alla prima crociata*] é um drama lírico em quatro atos, composto por Giuseppe Verdi e estreado em Milão em 1843; Domenico Laboccetta foi um tenor, compositor e violoncelista italiano, que participou da estação lírica do Teatro Novo de Nápoles desde 1843 e esteve no Brasil em 1852 e 1854; Amalia Jacobson foi uma prima-dona soprano que veio ao Brasil e estreou em 1853 com *Lucia di Lammermoor*, de Gaetano Donizetti, no teatro Lírico. [IL]

— E aí está por que me demorei. Que é que você merecia agora? Merecia que eu lhe cortasse a ponta desse narizinho arrebitado...

Como ele acompanhasse o dito com um gesto, ela recuou a cabeça; depois acabou de tomar o café. Tenhamos pena da alma desta moça. Os primeiros acordes dos *Lombardos* ecoavam nela, enquanto a carta anônima lhe trazia uma nota lúgubre, espécie de *Requiem*. E por que é que a carta não seria uma calúnia? Naturalmente não era outra cousa: alguma invenção de inimigas, ou para afligi-la, ou para fazê-los brigar. Era isto mesmo. Entretanto, uma vez que estava avisada, não os perderia de vista. Aqui acudiu-lhe uma ideia: consultou o marido se mandaria convidar a viúva.

— Não, respondeu ele; o carro só tem dois lugares, e eu não hei de ir na boleia.

Maria Olímpia sorriu de contente, e levantou-se. Há muito tempo que tinha vontade de ouvir os *Lombardos*. Vamos aos *Lombardos*! Trá, lá, lá, lá... Meia hora depois foi vestir-se. Galvão, quando a viu pronta daí a pouco, ficou encantado. Minha mulher é linda, pensou ele; e fez um gesto para estreitá-la ao peito; mas a mulher recuou, pedindo-lhe que não a amarrotasse. E, como ele, por umas veleidades de camareiro, pretendeu concertar-lhe a pluma do cabelo, ela disse-lhe enfastiada:

— Deixa, Eduardo! Já veio o carro?

Entraram no carro e seguiram para o teatro. Quem é que estava no camarote contíguo ao deles? Justamente a viúva e a mãe. Esta coincidência, filha do acaso, podia fazer crer algum ajuste prévio. Maria Olímpia chegou a suspeitá-lo; mas a sensação da entrada não lhe deu tempo de examinar a suspeita. Toda a sala voltara-se para vê-la, e ela bebeu, a tragos demorados, o leite da admiração pública. Demais, o marido teve a inspiração maquiavélica de lhe dizer ao ouvido: "Antes a mandasses convidar; ficava-nos devendo o favor". Qualquer suspeita cairia diante desta palavra. Contudo, ela cuidou de os não perder de vista — e renovou a resolução de cinco em cinco minutos, durante meia hora, até que, não podendo fixar a atenção, deixou-a andar. Lá vai ela, inquieta, vai direito ao clarão das luzes, ao esplendor dos vestuários, um pouco à ópera, como pedindo a todas as cousas alguma sensação deleitosa em que se espreguice uma alma fria e pessoal. E volta depois à própria dona, ao seu leque, às suas luvas, aos adornos do vestido, realmente magnífico. Nos intervalos, conversando com a viúva, Maria Olímpia tinha a voz e os gestos do costume, sem cálculo, sem esforço, sem sentimento, esquecida da carta. Justamente nos intervalos é que o marido, com uma discrição rara entre os filhos dos homens, ia para os corredores ou para o saguão pedir notícias do ministério.

Juntas saíram do camarote, no fim, e atravessaram os corredores. A modéstia com que a viúva trajava podia realçar a magnificência da amiga. As feições, porém, não eram o que esta afirmou, quando ensaiava os xales de manhã. Não, senhor; eram engraçadas, e tinham um certo pico original. Os ombros proporcionais e bonitos. Não contava trinta e cinco anos, mas trinta e um; nasceu em 1822, na véspera da independência, tanto que o pai, por brincadeira, entrou a chamá-la Ipiranga, e ficou-lhe esta alcunha entre as amigas. Demais, lá estava em Santa Rita o assentamento de batismo.

Uma semana depois, recebeu Maria Olímpia outra carta anônima. Era mais longa e explícita. Vieram outras, uma por semana, durante três meses. Maria Olímpia leu as primeiras com algum aborrecimento; as seguintes foram calejando a sensibilidade. Não havia dúvida que o marido demorava-se fora, muitas vezes, ao contrário do que fazia dantes, ou saía à noite e regressava tarde; mas, segundo dizia, gastava o tempo no Wallerstein ou no Bernardo,[27] em palestras políticas. E isto era verdade, uma verdade de cinco a dez minutos, o tempo necessário para recolher alguma anedota ou novidade, que pudesse repetir em casa, à laia de documento. Dali seguia para o largo de S. Francisco, e metia-se no ônibus.

Tudo era verdade. E, contudo, ela continuava a não crer nas cartas. Ultimamente, não se dava mais ao trabalho de as refutar consigo; lia-as uma só vez, e rasgava-as. Com o tempo foram surgindo alguns indícios menos vagos, pouco a pouco, ao modo do aparecimento da terra aos navegantes; mas este Colombo teimava em não crer na América. Negava o que via; não podendo negá-lo, interpretava-o; depois recordava algum caso de alucinação, uma anedota de aparências ilusórias, e nesse travesseiro cômodo e mole punha a cabeça e dormia. Já então, prosperando-lhe o escritório, dava o Galvão partidas e jantares, iam a bailes, teatros, corridas de cavalos. Maria Olímpia vivia alegre, radiante; começava a ser um dos nomes da moda. E andava muita vez, com a viúva, a despeito das cartas, a tal ponto que uma

---

27. Wallerstein era o nome de uma loja de tecidos, vestidos e moda franceses, na rua do Ouvidor, n. 70. Vendia caro e atendia a família imperial. Sobre Bernardo, ver nota 19, p. 165. [IL]

destas lhe dizia: "Parece que é melhor não escrever mais, uma vez que a senhora se regala numa comborçaria de mau gosto". Que era comborçaria? Maria Olímpia quis perguntá-lo ao marido, mas esqueceu o termo, e não pensou mais nisso.

Entretanto, constou ao marido que a mulher recebia cartas pelo correio. Cartas de quem? Esta notícia foi um golpe duro e inesperado. Galvão examinou de memória as pessoas que lhe frequentavam a casa, as que podiam encontrá-la em teatros ou bailes, e achou muitas figuras verossímeis. Em verdade, não lhe faltavam adoradores.

— Cartas de quem? repetia ele mordendo o beiço e franzindo a testa.

Durante sete dias passou uma vida inquieta e aborrecida, espiando a mulher e gastando em casa grande parte do tempo. No oitavo dia, veio uma carta.

— Para mim? disse ele vivamente.

— Não; é para mim, respondeu Maria Olímpia, lendo o sobrescrito; parece letra de Mariana ou de Lulu Fontoura...

Não queria lê-la; mas o marido disse que a lesse; podia ser alguma notícia grave. Maria Olímpia leu a carta e dobrou-a, sorrindo; ia guardá-la, quando o marido desejou ver o que era.

— Você sorriu, disse ele gracejando; há de ser algum epigrama comigo.

— Qual! é um negócio de moldes.

— Mas deixa ver.

— Para quê, Eduardo?

— Que tem? Você, que não quer mostrar, por algum motivo há de ser. Dê cá.

Já não sorria; tinha a voz trêmula. Ela ainda recusou a carta, uma, duas, três vezes. Teve mesmo ideia de rasgá-la, mas era pior, e não conseguiria fazê-lo até o fim. Realmente, era uma situação original. Quando ela viu que não tinha remédio, determinou ceder. Que melhor ocasião para ler no rosto dele a expressão da verdade? A carta era das mais explícitas; falava da viúva em termos crus. Maria Olímpia entregou-lha.

— Não queria mostrar esta, disse-lhe ela primeiro, como não mostrei outras que tenho recebido e botado fora; são tolices, intrigas, que andam fazendo para... Leia, leia a carta.

Galvão abriu a carta e deitou-lhe os olhos ávidos. Ela enterrou a cabeça na cintura, para ver de perto a franja do vestido. Não o viu empalidecer. Quando ele, depois de alguns minutos, proferiu duas ou três palavras, tinha já a fisionomia composta e um esboço de sorriso. Mas a mulher, que o não adivinhava, respondeu ainda de cabeça baixa; só a levantou daí a três ou quatro minutos, e não para fitá-lo de uma vez, mas aos pedaços, como se temesse descobrir-lhe nos olhos a confirmação do anônimo. Vendo-lhe, ao contrário, um sorriso, achou que era o da inocência, e falou de outra cousa.

Redobraram as cautelas do marido; parece também que ele não pôde esquivar-se a um tal ou qual sentimento de admiração para com a mulher. Pela sua parte, a viúva, tendo notícia das cartas, sentiu-se envergonhada; mas reagiu depressa, e requintou de maneiras afetuosas com a amiga.

Na segunda ou terceira semana de agosto, Galvão fez-se sócio do Cassino fluminense. Era um dos sonhos da mulher. A seis de setembro fazia anos a viúva, como sabemos. Na véspera, foi Maria Olímpia (com a tia que chegara de fora), comprar-lhe um mimo: era uso entre elas. Comprou-lhe um anel. Viu na mesma casa uma joia engraçada, uma meia-lua de diamantes para o cabelo, emblema de Diana, que lhe iria muito bem sobre a testa. De Maomé que fosse; todo o emblema de diamantes é cristão. Maria Olímpia pensou naturalmente na primeira noite do Cassino; e a tia, vendo-lhe o desejo, quis comprar a joia, mas era tarde, estava vendida.

Veio a noite do baile. Maria Olímpia subiu comovida as escadas do Cassino. Pessoas que a conheceram naquele tempo, dizem que o que ela achava na vida exterior, era a sensação de uma grande carícia pública, a distância; era a sua maneira de ser amada. Entrando no Cassino, ia recolher nova cópia de admirações, e não se enganou, porque elas vieram, e de fina casta.

Foi pelas dez horas e meia que a viúva ali apareceu. Estava realmente bela, trajada a primor, tendo na cabeça a meia-lua de diamantes. Ficava-lhe bem o diabo da joia, com as duas pontas para cima, emergindo do cabelo negro. Toda a gente admirou sempre a viúva naquele salão. Tinha muitas amigas, mais ou menos íntimas, não poucos adoradores, e possuía um gênero de espírito que espertava com as grandes luzes. Certo secretário de legação não cessava de a recomendar aos diplomatas novos: "*Causez avec Mme. Tavares; c'est adorable!*".[28] Assim era nas outras noites; assim foi nesta.

---

28. "Conversem com a senhora Tavares; é adorável!", em tradução livre do francês. [IL]

— Hoje quase não tenho tido tempo de estar com você, disse ela a Maria Olímpia, perto de meia-noite.

— Naturalmente, disse a outra abrindo e fechando o leque; e, depois de umedecer os lábios, como para chamar a eles todo o veneno que tinha no coração: — Ipiranga, você está hoje uma viúva deliciosa... Vem seduzir mais algum marido?

A viúva empalideceu, e não pôde dizer nada. Maria Olímpia acrescentou, com os olhos, alguma cousa que a humilhasse bem, que lhe respingasse lama no triunfo. Já no resto da noite falaram pouco; três dias depois romperam para nunca mais.

As academias de Sião

****

Conhecem as academias de Sião? Bem sei que em Sião nunca houve academias: mas suponhamos que sim, e que eram quatro, e escutem-me.

I

As estrelas, quando viam subir, através da noite, muitos vaga-lumes cor de leite, costumavam dizer que eram os suspiros do rei de Sião, que se divertia com as suas trezentas concubinas. E, piscando o olho umas às outras, perguntavam:

— Reais suspiros, em que é que se ocupa esta noite o lindo Kalaphangko?

Ao que os vaga-lumes respondiam com gravidade:

— Nós somos os pensamentos sublimes das quatro academias de Sião; trazemos conosco toda a sabedoria do universo.

Uma noite, foram em tal quantidade os vaga-lumes, que as estrelas, de medrosas, refugiaram-se nas alcovas, e eles tomaram conta de uma parte do espaço, onde se fixaram para sempre com o nome de via-láctea.

Deu lugar a essa enorme ascensão de pensamentos o fato de quererem as quatro academias de Sião resolver este singular problema: — por que é que há homens femininos e mulheres másculas? E o que as induziu a isso foi a índole do jovem rei. Kalaphangko era virtualmente uma dama. Tudo nele respirava a mais esquisita feminidade: tinha os olhos doces, a voz argentina, atitudes moles e obedientes e um cordial horror às armas. Os guerreiros siameses gemiam, mas a nação vivia alegre, tudo eram danças, comédias e cantigas, à maneira do rei que não cuidava de outra cousa. Daí a ilusão das estrelas.

Vai senão quando, uma das academias achou esta solução ao problema:

— Umas almas são masculinas, outras femininas. A anomalia que se observa é uma questão de corpos errados.

— Nego, bradaram as outras três; a alma é neutra; nada tem com o contraste exterior.

Não foi preciso mais para que as vielas e águas de Bangkok se tingissem de sangue acadêmico. Veio primeiramente a controvérsia, depois a descompostura, e finalmente a pancada. No princípio da descompostura tudo andou menos mal; nenhuma das rivais arremessou um impropério que não fosse escrupulosamente derivado do sânscrito, que era a língua acadêmica, o latim de Sião. Mas dali em diante perderam a vergonha. A rivalidade desgrenhou-se, pôs as mãos na cintura, baixou à lama, à pedrada, ao murro, ao gesto vil, até que a academia sexual, exasperada, resolveu dar cabo das outras, e organizou um plano sinistro... Ventos que passais, se quisésseis levar convosco estas folhas de papel, para que eu não contasse a tragédia de Sião! Custa-me (ai de mim!), custa-me escrever a singular desforra. Os acadêmicos armaram-se em segredo, e foram ter com os outros, justamente quando estes, curvados sobre o famoso problema, faziam subir ao céu uma nuvem de vaga-lumes. Nem preâmbulo, nem piedade. Caíram-lhes em cima espumando de raiva. Os que puderam fugir, não fugiram por muitas horas; perseguidos e atacados, morreram na beira do rio, a bordo das lanchas, ou nas vielas escusas. Ao todo, trinta e oito cadáveres. Cortaram uma orelha aos principais, e fizeram delas colar e braceletes[A] para o presidente vencedor, o sublime U-Tong. Ébrios da vitória, celebraram o feito com um grande festim, no qual cantaram este hino magnífico: "Glória a nós, que somos o arroz da ciência e a luminária do universo".

A cidade acordou estupefata. O terror apoderou-se da multidão. Ninguém podia absolver uma ação tão crua e feia; alguns chegavam mesmo a duvidar do que viam... Uma só pessoa aprovou tudo: foi a bela Kinnara, a flor das concubinas régias.

II

Molemente deitado aos pés da bela Kinnara, o jovem rei pedia-lhe uma cantiga.

— Não dou outra cantiga que não seja esta: creio na alma sexual.

— Crês no absurdo, Kinnara.

— Vossa Majestade crê então na alma neutra?

— Outro absurdo, Kinnara. Não, não creio na alma neutra, nem na alma sexual.

— Mas então em que é que Vossa Majestade crê, se não crê em nenhuma delas?

— Creio nos teus olhos, Kinnara, que são o sol e a luz do universo.

— Mas cumpre-lhe escolher: — ou crer na alma

neutra, e punir a academia viva, ou crer na alma sexual, e absolvê-la.

— Que deliciosa que é a tua boca, minha doce Kinnara! Creio na tua boca: é a fonte da sabedoria.

Kinnara levantou-se agitada. Assim como o rei era o homem feminino, ela era a mulher máscula — um búfalo com penas de cisne. Era o búfalo que andava agora no aposento, mas daí a pouco foi o cisne que parou, e, inclinando o pescoço, pediu e obteve do rei, entre duas carícias, um decreto em que a doutrina da alma sexual foi declarada legítima e ortodoxa, e a outra absurda e perversa. Nesse mesmo dia, foi o decreto mandado à academia triunfante, aos pagodes, aos mandarins, a todo o reino. A academia pôs luminárias; restabeleceu-se a paz pública.

III

Entretanto, a bela Kinnara tinha um plano engenhoso e secreto. Uma noite, como o rei examinasse alguns papéis do Estado, perguntou-lhe ela se os impostos eram pagos com pontualidade.

— *Ohimé!* exclamou ele, repetindo essa palavra que lhe ficara de um missionário italiano. Poucos impostos têm sido pagos. Eu não quisera mandar cortar a cabeça aos contribuintes... Não, isso nunca... Sangue? sangue? não, não quero sangue...

— E se eu lhe der um remédio a tudo?

— Qual?

— Vossa Majestade decretou que as almas eram femininas e masculinas, disse Kinnara depois de um beijo. Suponha que os nossos corpos estão trocados. Basta restituir cada alma ao corpo que lhe pertence. Troquemos os nossos...

Kalaphangko riu muito da ideia, e perguntou-lhe como é que fariam a troca. Ela respondeu que pelo método Mukunda, rei dos Hindus, que se meteu no cadáver de um brâmane, enquanto um truão se metia no dele Mukunda, — velha lenda passada aos turcos, persas e cristãos. Sim, mas a fórmula da invocação? Kinnara declarou que a possuía; um velho bonzo achara cópia dela nas ruínas de um templo.

— Valeu?

— Não creio no meu próprio decreto, redarguiu ele rindo; mas vá lá, se for verdade, troquemos... mas por um semestre,[A] não mais. No fim do semestre destrocaremos os corpos.

Ajustaram que seria nessa mesma noite. Quando toda a cidade dormia, eles mandaram vir a piroga real, meteram-se dentro e deixaram-se ir à toa. Nenhum dos remadores os via. Quando a aurora começou a aparecer, fustigando as vacas rútilas, Kinnara proferiu a misteriosa invocação; a alma desprendeu-se-lhe, e ficou pairando, à espera que o corpo do rei vagasse também. O dela caíra no tapete.

— Pronto? disse Kalaphangko.

— Pronto, aqui estou no ar esperando. Desculpe Vossa Majestade a indignidade da minha pessoa...

Mas a alma do rei não ouviu o resto. Lépida e cintilante, deixou o seu vaso físico e penetrou no corpo de Kinnara, enquanto a desta se apoderava do despojo real. Ambos os corpos ergueram-se e olharam um para o outro, imagine-se com que assombro. Era a situação do Buoso e da cobra, segundo conta o velho Dante; mas vede aqui a minha audácia. O poeta manda calar Ovídio e Lucano, por achar que a sua metamorfose vale mais que a deles dous. Eu mando-os calar a todos três. Buoso e a cobra não se encontram mais, ao passo que os meus dous heróis, uma vez trocados continuam a falar e a viver juntos — cousa evidentemente mais dantesca, em que me pese à modéstia.

— Realmente, disse Kalaphangko, isto de olhar para mim mesmo e dar-me majestade é esquisito. Vossa Majestade não sente a mesma cousa?

Um e outro estavam bem, como pessoas que acham finalmente uma casa adequada. Kalaphangko espreguiçava-se todo nas curvas femininas de Kinnara. Esta inteiriçava-se[A] no tronco rijo de Kalaphangko. Sião tinha, finalmente, um rei.

IV

A primeira ação de Kalaphangko (daqui em diante entenda-se que é o corpo do rei com a alma de Kinnara, e Kinnara o corpo da bela siamesa com a alma do Kalaphangko) foi nada menos que dar as maiores honrarias à academia sexual. Não elevou os seus membros ao mandarinato, pois eram mais homens de pensamento que de ação e administração, dados à filosofia e à literatura, mas decretou que todos se prosternassem diante deles, como é de uso aos mandarins. Além disso, fez-lhes grandes presentes, cousas raras ou de valia, crocodilos empalhados, cadeiras de marfim, aparelhos de esmeralda para almoço, diamantes, relíquias. A academia, grata a tantos benefícios, pediu mais o direito de usar oficialmente o título de Claridade do Mundo, que lhe foi outorgado.

Feito isso, cuidou Kalaphangko da fazenda pública, da justiça, do culto e do cerimonial. A nação começou de sentir o peso grosso, para falar como o excelso Camões, pois nada menos de onze contribuintes remissos foram logo decapitados. Naturalmente os outros, preferindo a cabeça ao dinheiro, correram a pagar as taxas, e tudo se regularizou. A justiça e a legislação tiveram grandes melhoras. Construíram-se novos pagodes; e a religião pareceu até ganhar outro impulso, desde que Kalaphangko, copiando as antigas artes espanholas, mandou queimar uma dúzia de pobres missionários cristãos que por lá andavam; ação que os bonzos da terra chamaram a pérola do reinado.

Faltava uma guerra. Kalaphangko, com um pretexto mais ou menos diplomático, atacou a outro reino, e fez a campanha mais breve e gloriosa do século. Na volta a Bangkok, achou grandes festas esplêndidas. Trezentos barcos, forrados de seda escarlate e azul, foram recebê-lo. Cada um destes tinha na proa um cisne ou um dragão de ouro, e era tripulado pela mais fina gente da cidade; músicas e aclamações atroaram os ares. De noite, acabadas as festas, sussurrou-lhe ao ouvido a bela concubina:

— Meu jovem guerreiro, paga-me as saudades que curti na ausência; dize-me que a melhor das festas é a tua meiga Kinnara.

Kalaphangko respondeu com um beijo.

— Os teus beiços têm o frio da morte ou do desdém, suspirou ela.

Era verdade, o rei estava distraído e preocupado; meditava uma tragédia. Ia-se aproximando o termo do prazo em que deviam destrocar os corpos, e ele cuidava em iludir a cláusula, matando a linda siamesa. Hesitava por não saber se padeceria com a morte dela visto que o corpo era seu, ou mesmo se teria de sucumbir também. Era esta a dúvida de Kalaphangko; mas a ideia da morte sombreava-lhe a fronte, enquanto ele afagava ao peito um frasquinho com veneno, imitado dos Bórgias.

De repente, pensou na douta academia; podia consultá-la, não claramente, mas por hipótese. Mandou chamar os acadêmicos; vieram todos menos o presidente, o ilustre U-Tong, que estava enfermo. Eram treze; prosternaram-se e disseram ao modo de Sião:

— Nós, desprezíveis palhas, corremos ao chamado de Kalaphangko.

— Erguei-vos, disse benevolamente o rei.

— O lugar da poeira é o chão, teimaram eles com os cotovelos e joelhos em terra.

— Pois serei o vento que subleva a poeira, redarguiu Kalaphangko; e, com um gesto cheio de graça e tolerância, estendeu-lhes as mãos.

Em seguida, começou a falar de cousas diversas, para que o principal assunto viesse de si mesmo; falou nas últimas notícias do ocidente e nas leis de Manu. Referindo-se a U-Tong, perguntou-lhes se realmente era um grande sábio, como parecia; mas, vendo que mastigavam a resposta, ordenou-lhes que dissessem a verdade inteira. Com exemplar unanimidade, confessaram eles que U-Tong era um dos mais singulares estúpidos do reino, espírito raso, sem valor, nada sabendo e incapaz de aprender nada. Kalaphangko estava pasmado. Um estúpido?

— Custa-nos dizê-lo, mas não é outra cousa; é um espírito raso e chocho. O coração é excelente, caráter puro, elevado...

Kalaphangko, quando voltou a si do espanto, mandou embora os acadêmicos, sem lhes perguntar o que queria. Um estúpido? Era mister tirá-lo da cadeira sem molestá-lo. Três dias depois, U-Tong compareceu ao chamado do rei. Este perguntou-lhe carinhosamente pela saúde; depois disse que queria mandar alguém ao Japão estudar uns documentos, negócio que só podia ser confiado a pessoa esclarecida. Qual dos seus colegas da academia lhe parecia idôneo para tal mister? Compreende-se o plano artificioso do rei; era ouvir dois ou três nomes, e concluir que a todos preferia o do próprio U-Tong; mas eis aqui o que este lhe respondeu:

— Real Senhor, perdoai a familiaridade da palavra: são treze camelos, com a diferença que os camelos são modestos, e eles não; comparam-se ao sol e à lua. Mas, na verdade, nunca a lua nem o sol cobriram mais singulares pulhas do que esses treze... Compreendo o assombro de Vossa Majestade; mas eu não seria digno de mim se não dissesse isto com lealdade, embora confidencialmente...

Kalaphangko tinha a boca aberta. Treze camelos? Treze, treze. U-Tong ressalvou tão somente o coração de todos, que declarou excelente; nada superior a eles pelo lado do caráter. Kalaphangko, com um fino gesto de complacência, despediu o sublime U-Tong, e ficou pensativo. Quais fossem[A] as suas reflexões, não o soube ninguém. Sabe-se que ele mandou chamar os outros acadêmicos, mas desta vez separadamente, a fim de não dar na vista, e para obter maior expansão. O primeiro que chegou, ignorando aliás a opinião de U-Tong, confirmou-a integralmente, com a única emenda de serem doze os camelos, ou treze, contando o próprio U-Tong. O segundo não teve opinião diferente, nem o terceiro, nem os restantes acadêmicos. Diferiam no estilo; uns diziam camelos, outros usavam circunlóquios e metáforas, que vinham a dar na mesma cousa. E, entretanto, nenhuma injúria ao caráter moral das pessoas. Kalaphangko estava atônito.

Mas não foi esse o último espanto do rei. Não podendo consultar a academia, tratou de deliberar por si, no que gastou dois dias, até que a linda Kinnara lhe segredou que era mãe. Esta notícia fê-lo recuar do crime. Como destruir o vaso eleito da flor que tinha de vir com a primavera próxima? Jurou ao céu e à terra que o filho havia de nascer e viver. Chegou ao fim do semestre; chegou o momento de destrocar os corpos.

Como da primeira vez, meteram-se no barco real, à noite, e deixaram-se ir águas abaixo, ambos de má vontade, saudosos do corpo que iam restituir um ao outro. Quando as vacas cintilantes da madrugada começaram de pisar vagarosamente o céu, proferiram eles a fórmula misteriosa, e cada alma foi devolvida ao corpo anterior. Kinnara, tornando ao seu, teve a comoção materna, como tivera a paterna, quando ocupava o corpo de Kalaphangko. Parecia-lhe até que era ao mesmo tempo mãe e pai da criança.

— Pai e mãe? repetiu o príncipe restituído à forma anterior.

Foram interrompidos por uma deleitosa música, ao longe. Era algum junco ou piroga que subia o rio, pois a música aproximava-se rapidamente. Já então o sol alagava de luz as águas e as margens verdes, dando ao quadro um tom de vida e renascença, que de algum modo fazia esquecer aos dous amantes a restituição psíquica. E a música vinha chegando, agora mais distinta, até que numa curva do rio, apareceu aos olhos de ambos um barco magnífico, adornado de plumas e flâmulas. Vinham dentro os catorze membros da academia (contando U-Tong) e todos em coro mandavam aos ares o velho hino: "Glória a nós, que somos o arroz da ciência e a claridade do mundo!".

A bela Kinnara (antigo Kalaphangko) tinha os olhos esbugalhados de assombro. Não podia entender como é que catorze varões reunidos em academia eram a claridade do mundo, e separadamente uma multidão de camelos. Kalaphangko consultado por ela, não achou explicação. Se alguém descobrir alguma, pode obsequiar uma das mais graciosas damas do Oriente, mandando-lha em carta fechada, e, para maior segurança, sobrescritada ao nosso cônsul em Xangai, China.

Notas sobre o texto

p. 36   A. Na edição de 1884, "de antigo regime".
p. 38   A. Foi inserida a vírgula.
         B. Na edição de 1884, "drogman", sem itálico. O termo hoje mais corrente em inglês é "dragoman". No *Vocabulário ortográfico da língua portuguesa* constam "drogomano" e "dragomano", forma aqui adotada.
p. 41   A. Na assinatura da epígrafe, os trechos em itálico foram desenvolvidos.
p. 48   A. Foi inserida a vírgula.
         B. Foi inserida a vírgula.
p. 50   A. Foi inserida a vírgula.
p. 51   A. Na edição de 1884, "relevantes".
p. 72   A. Foi inserida a vírgula.
p. 79   A. Foi inserida a vírgula.
p. 115   A. Na edição de 1884, "Vive Hélios!".
p. 134   A. Foi inserida a vírgula.
p. 135   A. Na edição de 1884, "perdia".
p. 140   A. Foi retirada a vírgula.
p. 163   A. Na edição de 1884, "a vinte e dous ou vinte ou vinte e três".
p. 164   A. Na edição de 1884, "tesouro", em minúscula.
p. 184   A. Foi inserida a vírgula.
p. 188   A. Foi retirada a vírgula.
p. 191   A. Na edição de 1884, ponto de exclamação.
p. 201   A. Foi inserido o ponto e vírgula.
p. 202   A. A forma usada na edição de 1884 e aqui corresponde à grafia francesa da palavra "piquenique".
p. 231   A. A edição crítica altera para "colares e braceletes".
p. 233   A. Foi inserida a vírgula.
p. 234   A. Na edição de 1884, "esteiriçava-se", forma não registrada nas obras de referência. Há ocorrência do verbo em periódico de 1906.
p. 237   A. Foi retirada a vírgula.

Sugestões de leitura

AZEVEDO, Sílvia Maria. "Machado de Assis e a Filosofia: Modos de leitura". In: MARIANO, Ana Salles; OLIVEIRA, Maria Rosa Duarte de (Orgs.). *Recortes machadianos*. 2. ed. São Paulo: Nankin; Edusp; Educ, 2008, pp. 51-80.

BAPTISTA, Abel Barros. "Casos e homens célebres (Emenda de Sêneca)". In: _____. *Três emendas: Ensaios machadianos de propósito cosmopolita*. Campinas: Ed. da Unicamp, 2014, pp. 95-144.

BARBIERI, Ivo. "O enigma Marocas". In: SENNA, Marta de (Org.). *Machado de Assis: Cinco contos comentados*. Rio de Janeiro: Casa de Rui Barbosa, 2008, pp. 105-26.

BOSI, Alfredo. "A máscara e a fenda". In: _____. *Machado de Assis: O enigma do olhar*. 4. ed. rev. pelo autor. São Paulo: WMF Martins Fontes, 2007, pp. 73-125.

BRAYNER, Sonia. "As metamorfoses machadianas". In: _____. *Labirinto do espaço romanesco: Tradição e renovação da literatura brasileira: 1880-1920*. Rio de Janeiro: Civilização Brasileira; Brasília: Instituto Nacional do Livro, 1979, pp. 51-118.

CRESTANI, Jaison Luís. *Machado de Assis e o processo de criação literária: Estudo comparativo das narrativas publicadas n'A Estação (1879-1884), na Gazeta de Notícias (1881-1884) e nas coletâneas Papéis avulsos (1882) e Histórias sem data (1884)*. São Paulo: Nankin; Edusp, 2014.

DIXON, Paul. *Os contos de Machado de Assis: Mais do que sonha a filosofia*. Porto Alegre: Movimento, 1992.

_____. "Modelos em movimento: Os contos de Machado de Assis". In: ROCHA, João Cezar de Castro (Org.). *Machado de Assis: Lido e relido*. São Paulo: Alameda; Campinas: Ed. da Unicamp, 2016, pp. 633-53.

FARIA, João Roberto. "Singular ocorrência teatral". *Revista USP*, São Paulo, USP, n. 10, pp. 161-6, 1991. Disponível em: <doi.org/10.11606/issn.2316-9036.v0i10p161-166>. Acesso em: 21 fev. 2022.

GLEDSON, John. "O machete e o violoncelo: Introdução a uma antologia de contos de Machado de Assis" e "'O *Mot de l'énigme*, de Madame Craven, onze vezes': leituras femininas (e não leituras masculinas) em 'Capítulo dos chapéus', de Machado de Assis". In: _____. *Por um novo Machado de Assis: Ensaios*. São Paulo: Companhia das Letras, 2006, pp. 35-69 e 103-33.

GUIMARÃES, Hélio de Seixas. "Pobres-diabos num beco". *Teresa: Revista de Literatura Brasileira*, São Paulo, USP; Ed. 34; Imprensa Oficial, n. 6/7, pp. 142-63, 2006.

MORAES, Eugênio Vinci de. "Que reino é esse?". *Teresa: Revista de Literatura Brasileira*, São Paulo, USP; Ed. 34; Imprensa Oficial, n. 6/7, pp. 251-67, 2006.

PEREIRA NETO, Antônio Joaquim. "A dissimulação e a nudez da imaginação moral em 'A igreja do diabo'". *Machado de Assis em Linha*, São Paulo, v. 14, 2021. Disponível em: <doi.org/10.1590/1983-68212021143>. Acesso em: 14 jul. 2021.

PEREIRA, Lúcia Miguel. "O artista". In: _____. *Machado de Assis (Estudo crítico e biográfico)* [1936]. 6. ed. Belo Horizonte: Itatiaia; São Paulo: Edusp, 1988, pp. 225-41.

RONCARI, Luiz. "Machado de Assis: O aprendizado do escritor e o esclarecimento de Mariana". *Teresa: Revista de Literatura Brasileira*, São Paulo, USP; Ed. 34; Imprensa Oficial, n. 6/7, pp. 79-102, 2006.

SECCHIN, Antônio Carlos. "'Cantiga de esponsais' e 'Um homem célebre': Estudo comparativo". In: GUIDIN, Márcia Lígia; GRANJA, Lúcia; RICIERI, Francine Weiss (Orgs.). *Machado de Assis: Ensaios da crítica contemporânea*. São Paulo: Ed. Unesp, 2008, pp. 55-64.

SILVEIRA, Daniela Magalhães da. *Fábrica de contos: Ciência e literatura em Machado de Assis*. Campinas: Ed. da Unicamp, 2010.

TEIXEIRA, Ivan. *O altar & o trono: Dinâmica do poder em "O alienista"*. Cotia: Ateliê; Campinas: Ed. da Unicamp, 2010.

Índice de contos

Histórias sem data 25
   Advertência 27
   A igreja do Diabo 29
   O lapso 41
   Último capítulo 53
   Cantiga de esponsais 65
   Singular ocorrência 71
   Galeria póstuma 81
   Capítulo dos chapéus 93
   Conto alexandrino 113
   Primas de Sapucaia! 125
   Uma senhora 137
   Anedota pecuniária 147
   Fulano 161
   A segunda vida 171
   Noite de almirante 183
   Manuscrito de um sacristão 193
   Ex cathedra 205
   A senhora do Galvão 217
   As academias de Sião 229

FUNDAÇÃO ITAÚ

PRESIDENTE DO
CONSELHO CURADOR
Alfredo Setubal

PRESIDENTE
Eduardo Saron

ITAÚ CULTURAL

SUPERINTENDENTE
Jader Rosa

NÚCLEO CURADORIAS E
PROGRAMAÇÃO ARTÍSTICA

GERÊNCIA
Galiana Brasil

COORDENAÇÃO
Andréia Schinasi

PRODUÇÃO-EXECUTIVA
Roberta Roque

AGRADECIMENTO
Claudiney Ferreira

TODAVIA

TRANSCRIÇÃO DE TEXTO
Luciana Antonini Schoeps

COTEJO E REVISÃO TÉCNICA
Ieda Lebensztayn

LEITURA CRÍTICA
Manoel Mourivaldo
Santiago-Almeida

CONSULTORIA
Paulo Dutra

ASSISTÊNCIA EDITORIAL
Gabrielly Alice da Silva
Karina Okamoto
Mario Santin Frugiuele

PREPARAÇÃO
Huendel Viana

REVISÃO
Erika Nogueira Vieira
Jane Pessoa

PRODUÇÃO EDITORIAL E GRÁFICA
Aline Valli

PROJETO GRÁFICO
Daniel Trench

COMPOSIÇÃO
Estúdio Arquivo
Hannah Uesugi

REPRODUÇÃO DA PÁGINA DE ROSTO
Nino Andrés

TRATAMENTO DE IMAGENS
Carlos Mesquita

© Todavia, 2023
© *organização e apresentação*,
Hélio de Seixas Guimarães, 2023

Todos os direitos desta edição
reservados à Todavia.

Este volume faz parte da coleção
Todos os livros de Machado de Assis.

1ª reimpressão, 2025

Dados Internacionais de Catalogação
na Publicação (CIP)

Assis, Machado de (1839-1908)
 Histórias sem data / Machado de Assis ;
organização e apresentação Hélio de Seixas
Guimarães. — 2. ed. — São Paulo : Todavia, 2024.
(Todos os livros de Machado de Assis).

 Ano da primeira edição original: 1884
 ISBN 978-65-5692-617-9
 ISBN da coleção 978-65-5692-697-1

 1. Literatura brasileira. 2. Contos. I. Assis,
Machado de. II. Guimarães, Hélio de Seixas. III. Título.

CDD B869.3

Índice para catálogo sistemático:
1. Literatura brasileira : Contos B869.3

Bruna Heller — Bibliotecária — CRB 10/2348

todavia

Rua Fidalga, 826
05432.000 São Paulo SP
T. 55 11. 3094 0500
www.todavialivros.com.br

✲✲✲✲✲✲✲✲✲✲✲✲✲✲✲✲✲✲✲✲✲✲✲✲✲✲✲✲

As edições de base que deram origem aos 26 volumes da coleção Todos os livros de Machado de Assis oferecem um panorama tipográfico exuberante, como atestam as páginas de rosto incluídas no início de cada obra. Por meio delas, vemos as famílias tipográficas em voga nas oficinas de Paris e do Rio de Janeiro, no momento em que Machado de Assis publicava seus livros. Inspirado por esse conjunto de referências, o designer de tipos Marconi Lima desenvolveu a Machado Serifada, fonte utilizada na composição desta coleção. Impresso em papel Avena pela Forma Certa.

MISTO
Papel | Apoiando o manejo
florestal responsável
FSC® C111076